Über die Autorin

Hildegund Bachkötter-Brömmle lebt in Sprütz a.d. Olle und ist an der dortigen Hochschule für Poetische Entgleisungen Dozentin für angewandte, alltagstaugliche Betroffenheitslyrik. Geboren wurde sie in Köttelbritz a.d. Plautze, wo sie auch ihre Jugendjahre verbrachte. Nach einer freudlosen Ehe ist sie derzeit mit dem Sprachwissenschaftler Prof. Dr. Alois Breckenblecker liiert. Mit ihm zusammen erforschte und wiederbelebte sie durch jahrelange intensive Studien die schnötwedische Sprache, die bis 1913 in Nord-Schnötwedland, insbesondere in der morastigen Region um Öllpersumfien und Löfflplidden, gesprochen wurde. Hierdurch erlangte sie weltweit Anerkennung. Sie sorgte dafür, dass die bereits als verschollen gegoltenen Werke der schnötwedischen Heimatdichter Jämmer tum Brägen (1864-1899) und Jöcklind Aydöchter (1797-1851) uns heute wieder in ihrer rauen, kehligen und erdverbundenen Sprache bekannt sind. 2005 erschien ihr Gedichtband **„Alles zu meiner Zeit"** (Langlhofer Verlag), 2006 der Gedichtband **„Kneif mich doch mal"** (Verlag Marcus René Duensing), 2011 ihr Roman **„Rostlaube"** (BoD). Außerdem wurden Kurzbeiträge in Anthologien veröffentlicht. Zurzeit widmet sie sich gemeinsam mit ihrem Lebensgefährten der sprachwissenschaftlichen Aufarbeitung des helgoländischen Schnalzjodlers, der noch heute von der Urbevölkerung Helgolands zur Beruhigung seekrank um sich speiender Touristen eingesetzt wird. Auf das Ergebnis wartet die Fachwelt schon gespannt.

Übrigens…
Hildegund Bachkötter-Brömmle ist eine Kunstfigur und entsprang Anno 2000 der Fantasie ihrer „Schreibkraft" **Heidemarie Beyer**, die eines Tages plötzlich und unerwartet von ihr heimgesucht wurde und seitdem mit abstrusen Gedichten und Geschichten überschüttet wird.

Näheres im Internet unter
www.bachkoetter-broemmle.de

Hildegund Bachkötter-Brömmle

WEINRAUCH
UND
MÜRRE

**Satirische Weihnachtsgeschichten
und -gedichte zum Schmunzeln**

Die Deutsche Nationalbibliothek verzeichnet diese Publikation in der Deutschen Nationalbibliografie; detaillierte bibliografische Daten sind im Internet über dnb.d-nb.de abrufbar.

Herstellung und Verlag:
Books on Demand GmbH, Norderstedt
© 2011 Copyright
Hildegund Bachkötter-Brömmle
www.bachkoetter-broemmle.de
Umschlaggestaltung: Dirk Beyer
Illustration: Heidemarie Beyer
Satz und Layout: Dirk Beyer
ISBN 9783842383708
Printed in Germany

Inhalt

Prosaische Weihnachten

Poetische Weihnachten

Liebes Christkind

Liebes Christkind,

bald ist Weihnachten und ich heiße Bastian und habe sonst immer meinen Wunschzettel an den Weihnachtsmann geschickt. Aber nun bin ich schon fast neun und glaube nicht mehr an den Weihnachtsmann. Das ist was für kleine Kinder wie meinen Bruder Ben, der ist erst sieben. Da glaubt man noch an so was. Aber mein Freund Kevin hat zu mir gesagt, ich wäre ein Doofkopp, wenn ich so was noch glauben würde. Also lasse ich das jetzt sein mit dem Weihnachtsmann. Aber irgendwem muss ich ja den Wunschzettel hinschicken und da habe ich an dich gedacht. Denn wir haben jetzt in der Schule seit einem halben Jahr Religion bei Frau Hübsch, die so aber gar nicht aussieht. Bei Frau Hübsch habe ich die ganzen schönen Geschichten über dich gelernt und dass du Weihnachten Geburtstag hast. Und da habe ich gedacht, wenn du Geburtstag hast, dann wünsche ich mir ein Fahrrad, denn meins ist mir zu klein, das kann Ben übernehmen, für den ist das groß genug. Das hat zwar schon jede Menge Kratzer, aber das macht nichts, bei Ben kriegt es sowieso noch mehr dazu. Das Fahrrad, was ich haben möchte, steht bei Herrn Piwatzki im Radler-Shop im Schaufenster und ist silbermetallic mit roten Streifen. Geh da mal hin, das kannst du gar nicht übersehen. Der Laden ist neben Aldi, wenn du den Zingelweg runter kommst, gleich an der Ecke, wo der Rasen ist, auf dem immer die Hundescheiße liegt. Pass bloß auf, dass du da nicht rein trittst. Das gibt nämlich ganz viel Ärger, wenn du damit nach Hause kommst und da alles verteilst.

Ich verspreche dir, du darfst mit dem Fahrrad auch mal fahren, wenn du mich besuchst. Früher hast du ja manchmal Leute besucht, hat Frau Hübsch erzählt. Kannst du heute doch mal wieder machen. Ich kann dir sogar einen Kuchen backen. Das kann ich schon mit so einer Backmischung von Dr. Oetker. Da muss nur Milch rein und manchmal Eier. Das rührt man dann mit dem Mixer durch. Ja, das spritzt ziemlich. Und meine Mama will nicht so gerne, dass ich das alleine mache, weil ihre Küche dann hinterher immer aussieht wie Sau. Aber das wische ich dann auch alles weg, wenn du mir das Fahrrad schenkst. Vielleicht kannst du mir dann auch mal erklären, warum ein Doktor Kuchen verkauft. Unser Dr. Mölling, schenkt den Kindern immer nur Bonbons, wenn sie beim Impfen oder so keine Randale machen. Ich habe ihn neulich gefragt, ob er auch Backmischungen macht. Da hat er mich so ganz blöde angeguckt und nein gesagt.

Weißt du, irgendwie finde ich deinen Vater nicht besonders nett. Wieso hat der denn deine Mutter nicht geheiratet? Die musste sich mit dem Josef abfinden, weil kein Besserer da war. Mein Freund Kevin hat auch einen Stiefvater, weil sein Vater einfach abgehauen ist. Und Geld bezahlt der auch nicht. Und seine Mama muss dreimal in der Woche im Supermarkt arbeiten, damit sie über die Runden kommen und schimpft oft über den blöden Kerl, der Kevins Vater ist.

War das bei dir genauso? Muss ja wohl, denn Frau Hübsch hat uns erzählt, dass du mit deiner Mutter und dem Stief-Josef in einem Stall gewohnt hast, wo du geboren wurdest. Und das im Winter, wo es kalt ist. Ich denke, dein Vater ist so ein Alleskönner. Warum hat der denn bei euch so rumgegeizt? Wollte der nichts mit euch zu tun haben, wie der echte Vater von Kevin? Der hat jetzt eine neue Frau und einen neuen Sohn. Wahrscheinlich war das bei deinem Vater im Himmel genauso. Da fliegen genug Engel rum, die er sich schnappen kann.

Nicht mal ein anständiges Geschenk hast du von ihm zum Geburtstag gekriegt. Da kamen nur so drei Weiße aus dem Morgenland an, von denen einer in Wirklichkeit schwarz war. Der hieß Kasperle. Der andere hieß Michi Ohr wie der Bruder von Kevin, der heißt auch Michi, aber nicht Ohr, sondern Schreiber. Und der dritte, weiß ich nicht. Aber der Freund von Kasperle heißt immer Seppl, weiß ich von der Kasperbude auf dem Jahrmarkt. Das ist auch nur so was für kleine Kinder, die noch an den Weihnachtsmann glauben. Die drei Weißen haben ganz blöde Geschenke mitgebracht. Weinrauch und Mürre. Frau Hübsch sagt, Weinrauch riecht ganz doll, und das schwenken die in der Kirche in so angeketteten Töpfen durch die Gegend, bis es den Leuten ganz schwummerig wird. Ihr wäre als Kind immer ganz schlecht davon geworden. Gut, dass wir in keine Kirche gehen. Und Mürre kann man heute noch riechen, wenn man zu Douglas geht. Da kann einem von dem vielen Geruch auch ganz schnell schlecht werden. Und in Ägypten, hat uns Frau Hübsch erzählt, haben die früher ihre Toten damit eingecremt, damit die nicht so stinken und nicht von den Würmern gefressen werden. Würmer mögen es lieber, wenn es stinkt.

Warum haben die dir bloß so was mitgebracht? Haben die gedacht, du gehst bald tot? Wahrscheinlich hat das in dem Stall so gestunken mit dem Ochs und dem Esel. Letzten Sommer haben wir Ferien auf einem Bauernhof in Bayern gemacht, da musste man sich im Kuhstall die Nase zuhalten. Und im Schweinestall habe ich gedacht, ich muss kotzen. Als ich dem Bauern gesagt habe, dass er sich mal aus der Kirche den Weinrauch-Pott ausleihen soll, hat er was gesagt, was ich nicht verstanden habe. Irgendwas mit

Kruzi. Die sprechen da alle so komisch.

Hat dir dein Vater denn später zum Geburtstag mal was geschenkt oder hat er jedes Mal die drei Kasperle als Vertreter geschickt? Hoffentlich waren wenigstens deine Mama und der Stief-Josef freundlich zu dir. Dass dein echter Papa sich nicht viel aus dir gemacht hat, sieht man auch daran, dass er dir nicht mal geholfen hat, als du an das Holzkreuz genagelt warst. Da hat er nur von oben runter geguckt und alles dunkel gemacht. Aber davon wurde es nicht besser. Das hat er dann auch gemerkt. Erst als es schon zu spät war, hat er dich wieder wach gemacht und in den Himmel geholt.

Das finde ich fies, dass er zu spät an dich gedacht hat. Der Alleskönner hätte ja auch früher mal was für dich tun können. Da lässt er dich einfach so verrecken. Na, ja, hinterher hat's ihm wahrscheinlich schrecklich leid getan, dass er nie Zeit für dich hatte. Wie ist das denn jetzt so mit euch? Also ich hätte meinem Papa so was Fieses nicht verziehen. Aber der würde das auch nie machen, auch wenn er kein Alleskönner ist. Wenn der mir erst so spät geholfen hätte, wenn ich schon tot gegangen bin, hätte der mir hundert Fahrräder als Verzeihung schenken können. Ich wäre aus Trotz einfach tot geblieben. Und er hätte sich ärgern können, bis er schwarz wird wie der eine Weiße aus dem Morgenland.

Du warst schon lange nicht mehr auf der Erde. Darfst du nicht? Sperrt dich dein komischer Vater ein? Was machst du denn da oben so den ganzen Tag? Frau Hübsch hat gesagt, du bist gekommen, um uns alle zu retten, die Welt und so. Aber da bist du doch gar nicht so richtig fertig mit geworden. Guck dir das heute alles mal an, was hier so zu retten ist! Da wirst du Bauklötze staunen!

Wenn dein Papa dir dabei ein bisschen mehr geholfen hätte, hättest du das ganz bestimmt geschafft. Der hätte doch deinen Ans-Kreuz-Schlägern mal eins auf die Schnauze geben können, damit sie damit aufhören. Hat er aber nicht. Er hat alles einfach so hin schluren lassen. Du wolltest doch gerade mit dem Retten anfangen. Ein bisschen hast du vielleicht hin gekriegt. Aber viel ist daraus nicht geworden. Batman und Superman haben da mehr geschafft. Ich denke, das Beste wäre, du kommst noch mal vorbei und versuchst es noch mal. Ich zeige dir dann mal die Filme von Batman und Superman, damit du siehst, wie die das gemacht haben.

Letzten Sommer ist unser Hund Erwin von einem Laster überfahren worden und wir mussten ihn im Wald begraben. Den hättest du noch gut retten können, der war noch so neu, erst ein Jahr alt. Kurz danach ist mein Opa Winfried gestorben, weil sein Herz einfach stehen geblieben ist. Der war zwar nicht mehr richtig neu, aber so alt nun auch wieder nicht. Das wäre schon die zweite Rettung gewesen. Jetzt ist keiner mehr da, der mit mir zum Angeln geht. Und frag mal meinen Freund Kevin, der hat bestimmt auch noch eine Menge zu retten. Also würde es sich lohnen, wenn du kommst. Also wenn du Weihnachten Geburtstag hast, komm einfach mal her. Du musst ja nicht gleich anfangen zu retten. Wir können ja erst mal ein bisschen Fahrrad fahren und Kuchen essen.

Liebe Grüße
Dein Bastian

Wenn alles gut klappt, schreibe ich dir mal wieder. Am besten wäre natürlich, wenn du mir mal deine Handy-Nummer gibst.

Onkel Hermann wird siebzig

Mein Großonkel Hermann wurde siebzig.

Das war an sich schon schlimm genug. Aber dass sein so wichtiger Geburtstag ausgerechnet in die Zeit fiel, als ich mich mitten in der depressivsten Pubertät befand und dann auch noch auf den zweiten Weihnachtstag, verschärfte die Sache ungeheuer.

Eine massive Zusammenrottung von Verwandtschaft war für mich einfach unerträglich und setzte meinem Leidensdruck noch die Krone auf.

Ein Teil der Verwandtschaft – in Form von Onkel Hermanns Tochter Edelgard samt Gatten und drei renitenten Blagen, von denen Robert, der Jüngste, noch als notorischer Bettnässer verschrien war – fiel bereits am 1. Weihnachtstag, einen Tag vor dem großen Ereignis, über uns her. Da Onkel Hermann und Tante Linchen nur über eine kleine, beengte Zweiraum-Wohnung verfügten, mussten wir, die wir in einem halbwegs geräumigen Haus wohnten, uns erbarmen und ihnen Aufnahme gewähren.

Das bedeutete, mein kleiner Bruder Friedhelm und

ich wurden aus unseren Zimmern zwangsevakuiert. All unsere bockigen, vehement hervor gebrachten Proteste und Klagen sowie der ausdrückliche Hinweis auf die Problematik des undichten Roberts verhallten ins Leere: Wir mussten uns unserem Schicksal in Gestalt unserer Eltern beugen und im Elternschlafzimmer auf Luftmatratzen nächtigen. Das war Strafe genug, denn unser Vater sägte wie ein kanadischer Holzfäller und unsere Mutter unterstützte ihn mit penetranten Pfeiftönen und flatterigem Lippengebrabbel.

Da kriegten wir nur schwer ein Auge zu.

Mein Bruder überbrückte die Zeit, indem er den Stöpsel aus dem Ventil meiner Luftmatratze zog, was zur Folge hatte, dass die Luft zischend entwich und ich ziemlich platt da lag. Ich habe zügig reagiert: Ihm eine gescheuert und den Stöpsel mühevoll wieder rein geprökelt, und zwar in dieser Reihenfolge. Davon ging die Luft aber auch nicht wieder rein. Also verbrachte ich die nächste halbe Stunde mit Pusten und daran anschließenden blinkenden Sternchen vor den Augen. Darauf folgten Schwindelgefühle, die sich irgendwann in Bewusstlosigkeit auszuweiten drohten.

Am nächsten Morgen war ich wie gerädert und Friedhelm hatte eine leicht geschwollene, gerötete Backe. Mama und Papa waren bereits aufgestanden und rumorten im Haus herum.

Nun ging das Dilemma aber erst richtig los.

Denn jedes Mal, wenn wir versuchten, ins Badezimmer zu kommen und an der Türklinke rackelten, rief irgendjemand „Besetzt!". Eine Zeit lang hielten wir das durch. Doch dann kam der Moment, wo uns das Wasser so bis zum Halse stand, dass wir den großen Blumentopf von Mamas Pracht-Gummibaum, auf den sie so unendlich stolz war, in Anspruch nehmen mussten.

Es hat zwei Tage gedauert, bis alle Blätter abgefallen waren. Mama konnte sich den plötzlichen Verfall des einst vor Kraft strotzenden Gewächses nicht erklären, rätselte hin und her, fühlte sich einer unsachgemäßen Pflege schuldig, schob die Schuld weiter auf das harte, kalkhaltige Leitungswasser und war letztendlich sprachlos.

Und wir haben auch den Mund gehalten.

Onkel Hermann bestand darauf, dass wir bei uns feiern. Denn seine Zweiraum-Wohnung war einfach viel zu klein. Mamas Begeisterung hielt sich in sehr engen Grenzen und sie fluchte bereits zwei Wochen vorher darüber, dass sie den ganzen Krempel an der Backe habe und warum er denn nicht bei seiner Tochter... und dann auch noch zu Weihnachten... na, ja, gebracht hat's nichts. Also wurden alle Stühle zusammengerafft – auch die der Nachbarn – damit jeder was zum Sitzen hatte. Die lange Kaffeetafel bestand aus zwei Tapeziertischen, die etwas wackelig daher kamen. Mama sagte ein paar Mal, nachdem sie den Tisch gedeckt hatte: „Ogottogottogott, wenn das man gut geht!"

Am frühen Nachmittag brachte Tante Linchen die Torten vorbei. Am stolzesten war sie auf ihre Erdbeer-Sahnetorte. Und ausgerechnet die entglitt mir, als ich widerwillig beim Tischdecken helfen musste. Sie fiel kopfüber auf den langflorigen Flokati, dessen Flusen sich nun als aparte Streuseln auf der Torte befanden. Ich machte einfach einen Löffel Schlagsahne obendrauf, verteilte sie schön und drückte das Kunstwerk wieder einigermaßen in Form.

Als dann später alle bei Tisch saßen, die Kerzen am Weihnachtsbaum sanft vor sich hin glimmerten, die ersten Gäste anfingen, über ihre Wehwehchen zu klagen und eine schlimme Krankheit die andere in ihren katastrophalen Ausmaßen übertrumpfte, bahnte sich – zunächst unbemerkt – ein kleines Unheil an.

Irmgard war gerade mit ihren Migräne-Anfällen durch und Waltraud dabei, sie mit ihren ziehenden und brennenden Muskelschmerzen abzulösen, als einige der Flokatiflusen bei Gotthilf unter seinen neuen Zahnersatz gerieten, der nun unweigerlich anfing, erbärmlich zu drücken. Zunächst versuchte er noch mit der Zunge und mit einem großen Schluck Kaffee, den er im Munde hin und her bewegte, die Sache wieder einigermaßen ins Lot zu kriegen. Doch bald verschluckte er sich so heftig, dass er aufsprang, sich den Zahnersatz panisch aus dem Mund riss, wild mit den Armen um sich wedelte, dabei in die Fänge des fromm und unschuldig glitzernden Weihnachtsbaums geriet, welcher im Kerzenschein heftig aufflammte und unser Wohnzimmer in warmes Licht hüllte.

Dank des entschlossenen Einsatzes von meinem Vetter Wilfried, der mutig nach der Teekanne griff und Mamas teuer erworbenen Sencha Earl Grey — eine erlesene Rarität, wie das Etikett verriet — über die lodernden Zweige goss, konnte eine Brandkatastrophe größeren Ausmaßes gerade noch verhindert werden. Es zischte, qualmte, das Volk hustete und wedelte mit den Händen den Rauch von sich weg, einige Fünkchen landeten in unserem Aquarium, was jedoch Römpömpöm, unseren lethargischen Goldfisch, nicht weiter verdross. Seine Augen blieben wie immer weit aufgerissen und seine Mimik ungerührt. Ihn focht nichts an. Nicht einmal das Malheur, dass Weihnachten und Onkel Hermanns Geburtstag auf einen Schlag über einander herfielen.

Meine bereits im Vorfeld überstrapazierte Mutter, bei der sich die ganze Verantwortung und darüber hinaus die ganze Arbeit aufstauten, drohte nervlich zu kollabieren. Doch Rettung nahte in Form von Christfried, ihrem Bruder, der allein schon aufgrund seines Namens, den er sein Leben lang ertragen musste, nervlich gestählt war. Er goss ihr einen doppelten Malteser ein, den sie ohne zu murren hinunter stülpte. Ein befreiendes „Aaahh!" entrang sich ihrer Kehle, eine sanfte Röte überhauchte ihre Wangen, und danach ging es wieder für einen Moment. Die Lage wurde zwar nicht besser, doch ihr Gemüt war beruhigt.

Gotthilf hatte derweil seine Dritten in der Küche im Abwaschwasser in der Spüle hin und her geschlenkert und aß nun in aller Seelenruhe seinen Kuchen auf.

Die Wogen glätteten sich.

Der Christbaum war zwar lädiert und dezimiert, strömte dafür aber einen aromatischen, heimeligen Tannenduft aus, der Tante Linchen tief ein- und ausatmen, sich entspannt zurücklehnen und ein tiefsinniges „Aach, jaaa!" seufzen ließ. Ein inzwischen erreichter komfortabler Sättigungspegel ließ die Gäste entspannter werden, die Stimmung vor sich hin dümpeln und ins Weihnachtliche abgleiten.

Robert, der notorische Bettnässer, dem seit einem halben Jahr Blockflötenunterricht von seiner Mutter aufgenötigt worden war, musste nun ran und sein ganzes, mühsam erflötetes Repertoire herunter fiepsen. Davon wurde mir so schlecht, dass ich aufs Klo rennen und den Kuchen wieder ausspucken musste. Vielleicht traf Robert aber auch nicht die volle Schuld, sondern es lag eher daran, dass ich heimlich mit Friedhelm alle Reste aus den Sektgläsern ausgetrunken hatte, mit denen zu Beginn der Feier auf Onkel Hermanns Wohl angestoßen worden war. Danach machte sich in meinen Eingeweiden ein schleichendes, seltsam schummeriges, plümerantes Gefühl breit, das mich in ungekannte Sphären zu entführen drohte.

Ich umarmte demütig kniend die Kloschüssel mit beiden Armen, in der Hoffnung, dass sie mich am Entschweben hindert, reiherte, mich dem frühen Tode nahe fühlend, alles aus mir heraus, blieb nach dem Abebben der Fluten noch eine Weile völlig erschlafft auf dem kühlenden Fliesenfußboden sitzen, wusch mir das Gesicht mit kaltem Wasser ab und ging mit zitterigen Knien zurück ins Wohnzimmer, wo mich ein schwiemeliger Dunst aus Tannenduft, Alkohol, Schweiß und Kaffee empfing. Mama tätschelte mir im Vorbeigehen mit den Worten „Na, Mäuschen, siehst'n bisschen blass aus" die Wange und kippte zusammen mit Christfried noch albern kichernd einen Malteser runter. Ich setzte mich wortlos zu meinem Bruder Friedhelm, der die Sektreste offenbar besser vertragen hatte.

Pastor Höckendrubel sprach Onkel Hermann bereits seit einer geschlagenen halben Stunde die Glückwünsche der heiligen, christlichen Kirche aus und rollte Onkel Hermanns Lebenslauf dabei rauf und runter, durchkämmte die Wirren des 2. Weltkrieges, die Ferntrauung im Felde mit seiner geliebten Lina, den frühen Tod des Vaters und die Tapferkeit seiner Mutter, die sieben hungrige Würmer allein, aufopferungsvoll und klaglos durchbringen musste.
Das waren noch Zeiten. Damals…

Tante Linchen lächelte tapfer, wischte sich ab und an ein Tränchen aus den Augenwinkeln und knüddelte ihr Stofftaschentuch mit dem rosa-weiß gehäkelten Spitzenrand – es war ein Erbstück ihrer Mutter – in ihren feuchten Händen. Und Opa Fritz drohten die Augen zuzufallen. Sein Kopf nickte dabei mehrmals ruckartig nach hinten, bis er die Richtung änderte, nach vorne fiel und mit dem Kinn bequem auf seiner Brust landete, wobei sich sein Mund leicht öffnete und sich ein tiefgründig schnorchelndes Grollen seiner Kehle entrang, das seine Unterlippe flattern ließ. Seine runde Nickelbrille rutschte dabei tiefer und tiefer, erreichte seine Nasenspitze und war kurz davor, auf seinem struppigen Oberlippenbart zu landen.

Friedhelm und ich kniffen und rempelten uns in einer Tour.

Edelgard gackerte ununterbrochen mit hochrotem, schwitzenden Gesicht, was ihre Hochsteckfrisur ins Wanken und der Auflösung nahe brachte, und trank mit ihrem Vetter Wilfried ein Eierlikörchen nach dem anderen. Ihre renitenten Blagen nutzten derweil die Gunst der Stunde, um unter die Tapeziertische zu kriechen. Pastor Höckendrubel war gerade bei Onkel Hermanns Verdiensten als 2. Vorsitzender des Taubenzüchter-Vereins „Ruckediku 1873" angelangt, als die Kaffeetafel in eine bedrohliche Schieflage geriet. Die Reste der Erdbeer-Sahnetorte landeten schwungvoll auf dem wogenden Busen meiner Kusine Griseldis, während die fast noch komplette But-

tercreme-Torte mit den brasilianischen Kaffeeboh-
nen als Verzierung auf Edelgards neuer Spitzenbluse
ihre Heimstatt fand.

Nun gackerte sie nicht mehr.

Der überaus heiße Inhalt einer Kaffeekanne ergoss
sich in den Schritt von Onkel Hermann, der wie von
der Tarantel gestochen aufsprang und trotz seiner
Arthrose in beiden Knien und seiner Ischias-Ver-
klemmung wie ein Jüngling hin und her hüpfte, dass
es eine Freude war. Tante Linchen klappte erstaunt
das Kinn herunter. So munter hatte sie ihren Gatten
schon lange nicht mehr gesehen.

Friedhelm sang lauthals mitten in den Trubel hinein
„O du fröhliche, o du seliche" und wir sangen alle
mit.

Fragen über Fragen

Kinder machen sich viele Gedanken, viel mehr als sich die Erwachsenen vorstellen können. Und sie fragen und fragen und hätten gerne brauchbare Antworten. Aber es gibt so bestimmte Fragen, da reagieren die Erwachsenen oft merkwürdig: ausweichend, geradezu hilflos mit einem komischen Lächeln auf den Lippen, das kein Kind versteht. Sie täuschen Geschäftigkeit vor, vertrösten auf später und wenden sich hastig ab. Tja, und das sind leider meistens die Fragen, die so schrecklich wichtig sind.

Es war Heiligabend, die Bescherung gewesen und eine behäbige Ruhe machte sich breit. Die Aufregung war vorbei und alle waren satt und zufrieden. Papa saß gemütlich in seinem Sessel, hatte sich seine Pfeife angesteckt und blies wohlriechende Wolken in die Stube, die die sanft brennenden Kerzen am Weihnachtsbaum mild umschwebten. Er blätterte genüsslich schmunzelnd in seinem Buch, das ihm der Weihnachtsmann wohlwollend auf den Gabentisch gelegt hatte und sah hin und wieder auf, um Mama anzulächeln, die sich an ihrem silbernen Ring erfreute, dessen wasserblauer Aquamarin sie an einen stillen und tiefen Bergsee erinnerte. Tante Mia, die zu Besuch gekommen war, hantierte derweil noch klappernd in der Küche.

Bernatt und ich saßen auf dem Fußboden und spielten mit seiner elektrischen Eisenbahn, die er sich so sehr gewünscht hatte. Spur H 0. Sie raste unermüdlich im Kreise und ihre winzigen Scheinwerfer glühten voller Eifer. Wenn wir den Trafo bis zum Anschlag drehten, sprang sie übermütig aus den Schienen und ratterte zappelnd auf der Stelle.

Bernatt war das Schlüsselkind einer allein erziehenden, berufstätigen Witwe, immer auf der Flucht vor der Obhut seiner grantigen Oma, die an ihm und ihrer Schwiegertochter auch nicht ein gutes Haar ließ. Aber vor allem war er mein Freund. Mein bester Freund und irgendwie auch so was wie mein Bruder. Ich hatte eigentlich einen Bruder, doch der hatte die Welt schon wieder eiligst verlassen, bevor ich sie erblickte. Aber wer weiß, ob der so gut gewesen wäre wie Bernatt, der gleich nebenan wohnte und mit einer fast erwachsenen Stiefschwester gestraft war. Das war genauso wie gar keine Schwester haben. Also war ich seine Ersatzschwester. Und deshalb kloppten wir uns hin und wieder. Nicht wirklich doll. Nein, nur so, dass es noch Spaß machte. Einmal hatte ich bei solch einer Aktion sorglos das Bein eines kaputten Kinderstuhles zur Hilfe genommen. Leider versteckte sich darin noch hinterlistig ein Nagel, der Bernatts Stirn ziemlich übel aufratschte. Es blutete heftig und wir brachen die ganze Klopperei schlagartig ab. Das Blut wischten wir sorgfältig ab und kämmten seine Haare darüber, damit es keiner merkte und wir vor unliebsamen Fragen sicher waren. Es hat keiner gemerkt. Und wenn, dann hätten wir eine passende Erklärung parat gehabt. Eigentlich hieß er Bernhard. Doch das merkte ich erst, als ich schreiben konnte. Und da war es für diesen neuen Namen schon zu spät. So blieb es bei Bernatt.

Irgendwann im Laufe des Abends beschlossen wir, der kleinen Lok eine Verschnaufpause und etwas Ruhe zu gönnen und zogen uns tuschelnd in den großen alten verschnörkelten Kleiderschrank meines Großvaters zurück. Der Schrank stand in meinem Zimmer und eignete sich hervorragend als Zufluchtstätte, wenn man ungestörte, wichtige Gespräche zu führen hatte. Alle Geheimnisse der Welt waren dort verborgen, und es roch es nach trockenem Holz, feinem Staub und Mottenpulver. Am Boden des Schrankes lag unter alten Kleidern Opas inzwischen saitenlose Zither, auf der er früher gespielt hatte. Sie war schwarz glänzend und hatte so etwas vornehm Edles. Geige spielen konnte er auch. Das hatte er sich alles selbst beigebracht. Sein unerfüllter Traum war aber ein Klavier. Da es ihm hierfür aber am nötigen Gelde mangelte, hatte er alternativ immer eine aufgerollte Papptastatur in der Hosentasche, die er dann elegant auf dem Küchentisch entrollte, um darauf tonlos zu üben. Das alles hatte mir Mama erzählt, wenn sie von „früher" sprach und mich in ferne Welten abtauchen ließ. Ich hätte ihn gerne kennen gelernt. Doch auch er hatte keine Zeit mehr gehabt auf mich zu warten und ruhte in einem schattigen Grab, auf dem Blumen nur spärlich gediehen und das deshalb mit weißem Kies bedeckt war, der hin und wieder geharkt und von welkem Laub befreit werden musste. Sicherlich fror er dort, an diesem Ort, wohin sich die Sonne niemals verirrte.

Bernatt und ich, wir hatten uns eine Dose Weihnachtskekse mit in den Schrank genommen. Die harten Kekse zerbröselten wir mit den Fingern und steckten die Krümel in den Mund, damit wir nicht zu kauen brauchten. Wir hatten beide Mumps. Unsere Kinnladen waren mit Wollschals umschlungen, die oben auf dem Kopf verknotet waren. Ziemlich verbeult sahen wir aus. Doch im dunklen Schrank fiel das nicht weiter auf.
Sechs Jahre waren wir alt und hatten Fragen über Fragen…

„Wie gehören der Weihnachtsmann und das Christkind eigentlich zusammen", fragte ich so.

„Ja, die bringen doch die Geschenke", sagte Bernatt. „Das weiß ich. Aber ist der Weihnachtsmann irgendwie ein Verwandter oder so?"

B: „Hm…"

H: „Ich kann mir nicht vorstellen, dass das Christkind mit irgend so einem Fremden einfach im Dunkeln durch die Gegend rennt. Meine Mama würde mir das jedenfalls nicht erlauben. Die sagt immer, dass ich mit keinem Fremden mitgehen darf."

B: „Meiner Mama wäre das, glaube ich, egal. Die merkte das gar nicht."

H: „Das glaube ich nicht. Die würde das auch nicht erlauben. Das Christkind hat doch auch eine Mutter. Erlaubt die das denn? Oder hat das Christkind ihr das gar nicht verraten, dass es mit diesem alten fremden Mann durch die Gegend rennt? Der ist doch gefährlich, weil er manchmal Kinder schlägt."

B: „Aber doch nur die ganz, ganz bösen. Zu den anderen ist er doch lieb."

H: „Und was ist, wenn das Christkind mal zwischendurch ein bisschen böse ist? So ein ganz kleines bisschen?"

B: „Das Christkind ist niemals böse. Auch nicht ein ganz kleines bisschen."

H: „Hm…"

B: „Der Weihnachtsmann ist bestimmt der Opa vom Christkind. So wie der aussieht. Der Vater ist das bestimmt nicht. Dafür ist er zu alt. Dein Vater hat doch auch keinen langen weißen Bart und weiße

Haare und einen roten Mantel an. Das ist bestimmt der Opa."

H: „Dann ist er aber kein netter Opa. Denn ein Opa, der nett ist, lässt einen nicht barfuß im dünnen weißen Nachthemd im Winter neben einem Schlitten herlaufen und hat selbst einen dicken Mantel an und eine dicke Mütze auf."

Die Kunde von Rudolph, dem rotnäsigen Rentier, das den Schlitten zog, war seinerzeit noch nicht bis in unsere Breiten vorgedrungen und hatte noch kein Kinderherz erreicht. Damals zog der Weihnachtsmann seinen Schlitten noch selbst.

B: „Aber das Christkind hat doch immer so einen Heiligenschein um den Kopf. Der wärmt doch."

H: „Ja, aber nur den Kopf, du Blödmann! Doch nicht die Füße. Und der Weihnachtsmann fährt doch mit seinem Schlitten immer durch Schnee, sonst fährt so ein Schlitten überhaupt nicht. Was meinst du, wie da deine Füße kalt werden! Die werden so kalt, dass sie anfangen zu kribbeln! Aber so richtig, dass es wehtut. Und dann werden sie blau und fallen ab."

B: „Quatsch! Weihnachten liegt doch nicht immer Schnee!"

H: „Aber da, wo der Weihnachtsmann fährt, liegt Schnee. Der zaubert sich den da einfach hin. Das kann der. Nur eben da, wo er gerade mit dem Schlitten durch muss. Und hinterher pustet er alles wieder weg.""

B: „Und wo pustet der den Schnee hin?""

H: „Ja eben dahin, wo er gerade gebraucht wird. Die armen Kinder in Afrika möchten sicherlich auch mal Schnee sehen. Und da pustet er ihn dann eben hin. Und die freuen sich dann so richtig.""

B: „Die freuen sich bestimmt nicht, weil sie nämlich kalte Füße kriegen! In Afrika hat man nämlich keine Schuhe an.""

H: „Wenn der Weihnachtsmann den Schnee gepustet hat, dann ist der ganz warm und nicht mehr kalt. Da kriegt keiner mehr kalte Füße.""

B: „Warum pustet er dann nicht für sein Christkind den Schnee warm? Was ist das für ein blöder Opa! So einen will doch keiner haben. Ich jedenfalls nicht. Für fremde Negerkinder pustet er den Schnee warm und seinem Enkelkind lässt er die Füße kribbeln!""

H: „ Ja, stimmt. Das sollte man mal den Eltern vom Christkind sagen, damit sie sich mal um ihr Kind kümmern.""

Es entstand eine nachdenkliche Pause, in der nur das leise Bröselgeräusch der Kekse zu hören war und ein leichtes Schmatzen beim Öffnen unserer Münder.

Bernatt wollte wissen: „Wie heißt der Weihnachtsmann eigentlich?""

H: „Ja, Weihnachtsmann eben.""

B: „Aber der muss doch noch einen Namen haben.

33

Man hat doch einen Vornamen und dann noch einen dahinter. Hast du doch auch."

H: „Hm, ja."

Pause und Bröselgeräusch.

„Ich glaube, ich weiß jetzt, wie das ist", rief Bernatt triumphierend. „Der erste Name ist Weih und der dahinter kommt, ist eben Nachtsmann. So muss das sein! Guck mal Christian heißt Hartmann, Christian Hartmann. Wenn es Hartmann gibt, dann gibt's auch Nachtsmann. Das ist doch klar."

H: „Ja, stimmt. Dann muss das Christkind aber auch Nachtsmann heißen, wenn das sein Opa ist. Oder ist sein Vorname Christ und der Nachname Kind? Heißt das Christkind nicht auch Jesus? Oder ist das jemand anderes?"

Mir gingen tausend Fragen durch den Kopf und verhedderten sich zu einem Knäuel, das es zu entwirren galt.

B: „ Jesus ist doch das Baby in der Krippe im Stall. Das kann ja nicht das Christkind sein, das mit Herrn Nachtsmann rumläuft. Babys können noch nicht laufen. Das ist bestimmt der kleine Bruder vom Christkind. Und Maria und Josef müssen sich jetzt um das kleine Baby kümmern und haben dem Opa gesagt, dass er ein bisschen auf den großen Bruder aufpassen soll, weil sie gerade nicht so viel Zeit haben. Aber dass das Christkind bei seinem Opa arbeiten und frieren muss, wissen sie vielleicht gar nicht. Meine Mama weiß ja auch nicht, dass ich für meine Oma immer einkaufen muss."

H: „Das Baby muss doch auch frieren. Oder glaubst du, dass es im Stall geheizt ist?"

B: „Frieren muss es. Doch dafür kriegt es von den Heiligen Drei Königen aus dem Morgenland wenigstens Geschenke. Aber das Christkind kriegt von seinem Opa gar nichts. Nein, es darf die Geschenke nur anderen geben und nichts davon behalten. Das ist doch ungerecht!"

H: „Vielleicht gibt ihm sein Opa ja manchmal heimlich was, ohne dass es jemand weiß. Opas machen das doch."

B: „Es kann aber auch sein, dass die Eltern beide arbeiten und deshalb keine Zeit für ihr Christkind haben. Der Vater von Olaf Höckenberg ist auch Tischler und seine Mutter sitzt im Büro und schreibt da. Die haben auch keine Zeit für Olaf. Maria arbeitet bestimmt auch im Büro von ihrem Josef. Und dann muss sie auch noch auf das Baby aufpassen."

H: „Ist denn das Christkind ein Junge? Auf Bildern sieht es aus wie ein Mädchen, so mit langen blonden Locken und so. Ich habe immer gedacht, dass es ein Mädchen ist. Oder kennst du einen Jungen, der so aussieht? Ja, vielleicht Fredi Ollenbusch, der hat ja so helle Locken, aber doch nicht so lang. Und im weißen

Nachthemd und barfuß habe ich den auch noch nicht gesehen. Du etwa?"

B: „Doch, der hat mal im Kindergarten einen Engel gespielt, so mit großen weißen Flügeln. Da sah er ganz schön komisch aus."

H: „Aber das Christkind hat doch keine Flügel! Nein, es ist bestimmt ein Mädchen. Wenigstens weiß ich jetzt aber, was der Weihnachtsmann und das Christkind miteinander zu tun haben. Egal, ob es nun ein Junge oder ein Mädchen ist. Also: Herr Nachtsmann ist der Opa Weih. Dann heißen die Eltern auch Maria und Josef Nachtsmann. Und ihre Kinder heißen Jesus und Christkind Nachtsmann. So muss es sein. Das muss ich nachher gleich Mama und Papa erklären, die wussten das nämlich auch nicht so genau. Also Christkind möchte ich nicht heißen, du etwa? Das ist doch ein ziemlich blöder Name. Da finde ich Bernatt doch viel besser."

Wir hüpften vergnügt und krümelübersät aus dem alten holzwurmgeplagten Kleiderschrank, um unsere Neuigkeiten der Welt zu verkünden.

Opa Weih rieb derweil, nachdem er den Schnee nach Afrika gepustet hatte, seinem Enkelkind die kribbelnden Füße mit dem Heiligenschein warm.

Stille Nacht

Die Nacht war still und am Himmelszelt glitzerten die Sterne. Alle Engel schliefen. Bis auf einen. Das Engelein war klein, allerliebst und etwas pummelig, hatte erst ein paar Flugstunden hinter sich und war noch sehr ungeübt im eleganten, mühelosen Flattern. Aber äußerst eifrig bemüht, es den anderen gleich zu tun. Es beneidete die großen Engel, die mit sanftem Flügelschlag sirrend dahin glitten. Heimlich drehte es deshalb unbeholfen ein paar Runden am nächtlichen Himmel, geriet aus der Puste und dem Flügeltakt – und da war es geschehen: Es stürzte ab. Versuchte noch verzweifelt, sich an einem Stern festzuhalten, riss ihm einen langen Schweif aus der Seite und fiel mit ihm in die Tiefe. Der Stern leuchtete panisch auf, schüttelte das Engelein heftig schimpfend von sich ab und blieb dann starr und erschrocken über einem alten windschiefen, wackligen Stall, der auch schon mal bessere Zeiten gesehen hatte, stehen und konnte sich vor Schreck nicht mehr von der Stelle rühren. Das Engelein aber purzelte rums! und kopfüber mitten in eine Herde schlummernder Schafe. Du liebe Zeit! Die Landung im dicken Winterfell war weich und warm. Doch die armen überrumpelten Tiere wussten nicht, wie ihnen geschah, sprangen verschreckt mit rollenden Augen in die Höhe, keilten mit den Hinterbeinen aus und blökten wie verrückt. Und erst die Hirten auf dem Felde! Sie dachten, der Himmel sei eingestürzt und genauso bange guckten sie auch. Das Engelein strich sein weißes Hemdchen glatt, ordnete die verwuselten Federn und die rotblonden Löckchen, trat verlegen von einem nackten Füßchen auf das andere, plapperte mit erröteten Bäckchen: „Upps!" und wusste nicht, was es sonst noch tun sollte. Da stand es nun mitten auf der Wiese.

Die Hirten schauten es mit so erschrockenen Blicken an, dass es, um sie ein bisschen aufzuheitern, einfach mal mit dem ausgestreckten Arm auf den hell leuchtenden Stern über dem Stall zeigte – der Ärmste konnte sich immer noch nicht von der Stelle rühren – und laut rief: „Fürchtet euch nicht!"

Und das taten die Hirten auch nicht mehr. Sie rannten wie wild los und freuten sich offenbar, dass ihnen in ihrer gottverlassenen Gegend endlich mal ein Licht aufgegangen war. Das Engelein tapste ihnen hinterher. Es hatte ja sonst nichts weiter zu tun und vom Fliegen erst mal die Nase voll. Der Rücken schmerzte und die Flügel hingen lahm nach unten.

Am Stall angekommen, sah es zwischen Ochs und Esel einen Mann und eine Frau und in der Krippe ein Baby, das ihm zulachte. Die Hirten umringten es staunend und wollten gar nicht wieder gehen.

Doch irgendwann kehrte Ruhe ein. Und als alle – bis auf das Kind – schliefen, schlich sich das Engelein vorsichtig an die Krippe. Es kannte schließlich das Kind aus dem Himmel.

„Was machst du hier?," fragte das Kind. „Willst du mich besuchen?"

„Ich wusste nicht einmal, dass du hier bist. Ich bin abgestürzt", antwortete das Engelein, blickte verschämt zu Boden und scharrte mit den Zehen im Stroh herum.

„O das tut mir leid."

„Und du, bist du auch abgestürzt?", wollte das Engelein wissen.

„Wie man's nimmt", sagte das Kind. „Ich muss die Welt retten."

„O das tut mir leid. Sehen wir uns bald wieder im Himmel?", fragte das Engelein mit großen Augen.

„Nein, das geht nicht so schnell. Das dauert. Die Welt ist groß und ich bin noch so klein, und ich rette das erste Mal eine Welt."

„Ja, ich verstehe." Das Engelein nickte ernst und verständnisvoll mit dem Kopf. „Das ist wie mit dem Fliegen. Das klappt auch nicht gleich beim ersten Mal."

Dann gähnte es verschlafen, schloss die Augen und schlief an der Krippe auf dem harten Stroh ein.

Das Kind lächelte und alle Sterne strahlten.

Weihnachtstraum

Ich hatte unlängst einen Traum, der mich tief in meinem Innersten erschüttern ließ, die Fundamente meines Glaubens und Daseins schier ins Wanken brachte und mich morgens in einem Zustand der mentalen Irrungen und Wirrungen mit pochendem Herzen erwachen ließ.

Und dabei fing er so harmlos an.

Ein ganz normaler alltäglicher banaler Dezembertag, grau und von Nieselregen durchdrungen. Nichts Ergreifendes passiert. Vorerst. Bis ich die Tür zu meinem Wohnzimmer öffne. Und da steht er! Der Weihnachtsbaum. Ich stutze, erstarre, die Türklinke in der Hand. Und wie ich da so stehe, rottet sich auf einmal meine Familie um mich herum. Mann, Kinder, Oma und Opa und noch irgendwelche Verwandten, die ich nicht einzuordnen weiß. Jeder beladen mit Geschenken, die er für den anderen liebevoll eingepackt und mit Schleifchen versehen hat. Der Tannenbaum glitzert und funkelt mich an und süße, ölige Weihnachtslieder umwaben mich, dass es in meinen Ohren nur so schwirrt und schummert.

Und ich, ich habe einfach vergessen, dass Weihnachten ist!

Habe einfach nicht dran gedacht und weiß nicht warum und weshalb und wieso das passieren konnte. Kann es mir nicht erklären. Katastrophe: Habe kein einziges Geschenk besorgt! Und alle starren mich auf einmal erwartungsvoll an, darauf wartend, nun endlich auch von mir beschenkt zu werden. Panik durchrüttelt mich, weil mir die Worte fehlen, die meine Schusseligkeit auf irgendeine plausible, entschuldbare Weise erklären könnten.

Rat- und kopflos ergreife ich schließlich die Flucht, versuche mich und die peinliche, unverzeihliche Situation zu retten.

Doch da gibt es nichts zu retten.

Was ich getan — oder besser gesagt — nicht getan habe, ist schlicht und einfach unverzeihlich.

Weihnachten und seine Lieben vergisst man nicht!

Da muss es doch Rettung geben, irgendwo. Es kann nicht sein, dass ich auf ganzer Linie versagt habe. Nein, nein, daran bin ich nicht schuld!

Ich schließe mich in mein Schlafzimmer ein, setze mich innerlich flatternd und grübelnd aufs Bett, krampfe meine Hände ins Kopfkissen und versuche, eine brauchbare Lösung aus meinem Hirn zu kratzen. Im Keller habe ich doch noch ein paar Flaschen Wein… den mag ich sowieso nicht… Den könnte man doch eventuell noch schnell… für Oma und

Opa… Oder dieser beleidigend grässliche Kerzenhalter, den ich vor zwei Jahren von Tante Rosa zum Geburtstag… Aber die Kinder, die Kinder! Die kann ich nicht mehr mit der Pralinenmischung von Ostern und einem Beutel mit Walnüssen und einer Packung Spekulatius von Aldi zufrieden stellen. Mist!! Da ergreift plötzlich jemand meine Fußknöchel und robbt unter meinem Bett hervor.

O mein Gott, jetzt zu allem Übel und Ungemach auch noch Einbrecher! Aber es ist – dem Himmel sei gedankt – nur der Weihnachtsmann, der sich schnaufend zu mir auf die Bettdecke setzt und sich den schmerzenden Rücken reibt.

„Du hast mir gerade noch gefehlt", sage ich unwirsch zu ihm und gucke ihn strafend von der Seite an. Er hält mit dem Reiben seines Rückens kurz inne, knattert irgendwas Nuscheliges in seinen weißen, ondulierten Rauschebart und wischt sich mit dem Handrücken den Schweiß von der Stirn.

„Du bist ja wohl das Überflüssigste, was man sich vorstellen kann, du Produkt der Coca-Cola-Werbung! Poppiges Outfit, aber nichts dahinter. Wenn man dich mal braucht, ist man verloren genug", lasse ich meinen Frust an ihm aus.

Er nimmt ächzend seine rote, mit weißem Pelz besetzte Flauschmütze ab, offenbart sein schütteres, verschwitztes Haupthaar, entledigt sich seines opulenten Rauschebartes und grummelt: „Ja, von irgendwas muss man schließlich leben, auch wenn es den

Rücken ruiniert."

Ich gucke ihn scheel von der Seite an und frage schon etwas milder gestimmt: „Und was machst du so außerhalb der Saison?"

„Wie, außerhalb der Saison? Einmal Weihnachtsmann ist immer Weihnachtsmann. Aus der Nummer kommt man nicht wieder raus." Dabei schüttelt er müde den Kopf.

„Und Urlaub? Wie sieht es bei dir mit Urlaub aus?", will ich wissen.

„Urlaub? Kenne ich nicht."

„Sag mal, das musst du doch tariflich und arbeitsvertraglich absichern! Wer ist denn dein offizieller Arbeitgeber?"

Er richtet seinen müden Blick zur Zimmerdecke und weist mit dem rechten Zeigefinger nach oben.

„Der hat Coca-Cola alle Rechte an mir abgekauft."

„Das is' ja'n Ding", ist das Einzige, was mir spontan dazu einfällt. „Und Arbeit delegieren ist auch nicht drin?"

„Ach, du siehst ja, was dabei herauskommt", winkt er ab, „alles ungelernte Aushilfskräfte, Leiharbeiter, Zeitarbeiter."

„Ja, ich weiß, wovon du sprichst. Wenn man sich nicht selbst um die Weihnachtgeschenke kümmert, läuft man ziemlich schnell auf."

Dann schweigen wir erst mal zwei Minuten.

„Und was ist mit dem Christkind? Das gab es doch schon, bevor du von Coca-Cola erfunden wurdest.

Unterstützt es dich gar nicht?", will ich von ihm wissen.

„Ach, das Christkind! Das war doch rein geschenketechnisch gesehen die reinste Fehlinvestition. Du kannst doch von einem Säugling nun wirklich nicht verlangen, dass er schwere Säcke mit sich rum schleppt. Und außerdem ist es ja sein Geburtstag. Da wird man schließlich beschenkt und teilt keine Geschenke aus."

Damit hat der Weihnachtsmann wirklich recht.

„Das ist in der Tat der reinste Schwachsinn, dass wir uns beschenken, weil das Christkind Geburtstag hat", stimme ich ihm zu. „Und du musst dir dabei den Rücken krumm biegen."

„Ich hätte Lust, den ganzen Krempel hin zu schmeißen", sagt schließlich der Weihnachtsmann und springt entschlossen auf.

„Ich auch. Weihnachten steht mir bis hier." Ich lege meine flach ausgestreckte Hand demonstrativ unter meine Nase. „Dein Übergepäck kannst du meinetwegen hier lassen. Sollen die anderen doch sehen, wo sie damit bleiben."

„Es ist eh nur Überflüssiges drin, was keiner wirklich braucht", meint der Weihnachtsmann und unterstützt seine Feststellung mit einer abwehrenden Handbewegung.

Also hauen wir ab und ich bin aus meinem Dilemma raus.

Draußen angekommen, frage ich ihn: „Was sind wir

beide jetzt? Weihnachtliche Aussteiger?"

Er zuckt die Schultern und hakt sich grinsend bei mir unter.

„Kann ich mit euch mitkommen?", fragt uns an der nächsten Straßenkreuzung der Osterhase, der seine Kiepe mit den Eiern polternd in den Graben schmeißt. „Ich bin nämlich noch nicht dran. Habe mich wohl mit der Zeit versehen."

„Da bist du nicht der Einzige", sage ich zu ihm und will gerade, weil ich mich gerettet und in Sicherheit wähne, tief durchatmen. Da stürmt eine Horde aufgebrachter, schreiender Familienmitglieder mit Messer und Gabel bewehrt schimpfend hinter mir her, bewirft mich mit Christbaumkugeln, Tannenzweigen und zusammengeknülltem Weihnachtspapier und schreit: „Und zu Essen hast du uns auch nichts gemacht!"

Da wusste ich, es ist Zeit aufzuwachen.

Märchenhaft

In Jules Zimmer steht ein großes weißes Bett. Der Rahmen ist aus Holz und die Bettpfosten sind von vier Kugeln gekrönt. Zwischen den Pfosten schwingen sich zwei sanfte Hügel, zwei sanfte Wellen.

„Dies ist mein Schiff, das mich in ferne Länder bringt", denkt Jule, kuschelt sich in das schwere Federbett und beißt schwungvoll in ihr Butterbrot, das mit kleinen braunen Maggitröpfchen verziert ist. Wenn sie es schrägt hält, kullern die Tröpfchen ihren Arm hinunter und sie muss sich beeilen, sie schnell abzulecken, damit sie nicht das Bettzeug erreichen.

Es ist Sonntagmorgen und fahles Licht scheint durchs Fenster. Eisblumen wachsen an den Scheiben und Jule hat vorhin ein Loch hinein gehaucht, um nach draußen blicken zu können und sich dabei die Nasenspitze kalt gestupst. Ein grauer Dezembermorgen. Sie sehnt sich so nach Schnee, denn morgen ist schließlich Weihnachten. Schnee macht aus der Welt eine Wunderwelt, macht alles anders und geheimnisvoll. Er ist wie Zauberwatte, die vom Himmel fällt, und nichts ist mehr so, wie es vorher war. Selbst die Geräusche verändern sich. Alles ist auf einmal sanft und gedämpft. Nichts ist mehr quälend laut. Wenn es schneit, ist es schön, einfach nur schön, und Jules Herz lacht und springt vor Freude. Stundenlang kann sie dann am Fenster stehen und den Schneeflocken zusehen, wie sie tanzen und tanzen. Blickt sie nach oben, sind die Flocken ganz dunkel und gar nicht mehr weiß. Das ist komisch und seltsam, wie sie sich so ohne Übergang von dunklen in weiße Flocken verwandeln.

„Heute wird es ganz bestimmt schneien", hofft Jule. In der Nacht gab es Frost, denn Eisblumen wachsen nur in bitterster Winterkälte. Raureif hat die Welt wie mit Puderzucker verziert. Sie nimmt sich vor, nachher ihren Schlitten aus dem Keller zu holen, denn Raureif ist schließlich so etwas wie halber Schnee. Vor ein paar Tagen, pünktlich zu ihrem achten Geburtstag, hatte es schon einmal Raureif gegeben und im Garten war alles weiß. Da hatte sie jubelnd ihren alten Schlitten mit den rostigen Kufen hervor gezerrt und ihn über die holprigen Beete mit den steif gefrorenen Kohlstrünken gezogen, die überrumpelt abbrachen, und versprengte Rosenköhlchen kullerten erschrocken durch die Gegend. Der Grünkohl blieb erstarrt stehen und ließ seine nunmehr weißen krausen Blätter müde hängen. Aber gegen Mittag zeigte sich die Sonne und brachte den Puderzucker zum Schmelzen und die Welt entzauberte sich. Enttäuscht rümpfte Jule ihr Näschen, auf dem sogar die kleinen Sommersprossen zornig aussahen.

Das Brot ist aufgegessen und Jule schleckt einen Maggistreifen vom Handgelenk. Sie streicht sich die blonden, strapsigen Haare zurück, umfasst sie im Nacken mit der rechten Hand, streift mit der anderen Hand ihr Haargummi mit dem roten Schmetterling darüber und schaut dabei ihre Gardine an, wie jeden Morgen. Da ist Rotkäppchen mit einem Körbchen im Arm, aus dem eine grüne Flasche hervor lugt, und dem bösen Wolf an seiner Seite, der eigentlich ganz friedlich aussieht und ein bisschen Purzel, dem Hund von Jules Freundin Mette, ähnelt. Schneewittchen wird von den sieben Zwergen umtanzt, von denen einer seine Zipfelmütze hoch in die Luft wirft. Hänsel und Gretel stehen vorm Hexenhäuschen, das aus Lebkuchen gebaut wurde und aus dem die bucklige alte Hexe hervor lugt und die Kinder mit ihrem knochigen Zeigefinger anlockt. Dornröschen schläft in einem hellblauen Kleid, von rosa Rosen umgeben, seinen hundertjährigen Schlaf und wartet auf den erlösenden Kuss des Prinzen, der sich gerade durch die Hecke kämpft. Und Rumpelstilzchen hüpft nebenan ums Feuer, so dass die Funken fliegen. Am besten gefällt ihr aber Frau Holle, die mit fröhlichem Gesicht, roten Bäckchen und prallen Armen das Bett schüttelt, aus dem die Schneeflocken wild durch die Gegend stieben. Jule kennt alle diese Geschichten, hat sie wieder und wieder gelesen. Froh ist sie, dass sie keine Stiefmutter hat, denn Stiefmütter sind wohl so ziemlich das Schlimmste, was einem passieren kann. Sie hassen Kinder und machen ihnen das Leben zur Hölle. Aber Hexen und böse Feen sind auch nicht viel besser. Doch am Ende werden sie alle immer bestraft und die Guten siegen. Das muss man wissen. So ist es nun mal Gott sei Dank auf dieser Welt. Doch die Bösen wissen das offenbar nicht oder sind blöd.

„Manchmal denke ich ja auch Sachen, die nicht gut sind", geht es Jule durch den Kopf, „ aber ich denke sie ja nur und tue sie nicht. Und das gilt ja dann auch nicht wirklich. Dafür kann einen keiner bestrafen. Nicht mal der Weihnachtsmann."

Es schneit, du meine Güte! Es schneit! Jule springt aus dem Bett, eilt ans Fenster und haucht das Guckloch größer. Sie ist so schrecklich aufgeregt, dass sie nicht bemerkt, dass ihre Füße trotz der Bettschühchen, die Mama ihr gehäkelt hat, schon ganz kalt sind. Die Wangen sind vor Aufregung gerötet. O schnell, schnell anziehen und nach draußen! Ihr kleiner Bruder kommt ins Zimmer gestürmt.

„Wo willst du hin? Nimmst du mich mit?"

„Es schneit, es schneit! Guck mal raus! Und Morgen ist Weihnachten! Ich muss schnell nach draußen mit dem Schlitten."

„Ich will auch raus!"

„O nein, Ulfi, nein, das dauert mir viel zu lange, bis du angezogen bist."

Ulfi fängt an zu weinen, zu kreischen, zu toben. Klitschnass ist sein Gesicht von den Tränen, der Rotz läuft ihm aus der Nase und er klammert sich erbittert an Jules Beinen fest. Jule ist gerade dabei, im Schrank nach ihren Handschuhen und dem dicken Schal zu suchen. Ulfi nervt sie, wie so oft. Kleine Brüder sind manchmal eine Plage. Und dieser sowieso.

„O Mann, o Mann!"

Sie zerrt ihn am Arm hinüber in sein Zimmer und zieht ihn fluchend an, zieht ihm seine rote Pudelmütze, die Mama ihm gestrickt hat, über die Ohren, schlingt ihm den Schal um den Hals und stülpt ihm die dicken Fausthandschuhe über, die noch viel zu groß sind. Aber Mama wollte, dass sie auch nächstes Jahr noch passen.

„So, nun komm! Mach nicht so'n Krach, sonst weckst du Mama und Papa noch auf. Die haben extra gesagt, dass sie heute am Sonntag mal ausschlafen möchten und wir sie in Ruhe lassen sollen."

„Ja, ja, ja!" Ulfi strahlt übers ganze Gesicht, als er nach Jules Hand greift.

Sie holen den alten Schlitten aus dem Kohlenkeller und stürmen aus dem Haus. Eine zarte weiße Decke hat sich bereits sanft ausgebreitet, durch die sich die Spitzen der Grashalme tapfer hindurch pieksen. Jule packt Ulfi und setzt ihn auf den Schlitten.

„So jetzt halt dich fest!"

Sie schlingt sich die Ziehleine um die rechte Hand und läuft lachend los. Der Schlitten ruckt und Ulfi jauchzt. Sie hüpft und rennt durch den Flockenwirbel, laut rufend:

„Es soll schneien, schneien, schneien bis ans Ende unserer tausendhundertmillionen Tage und noch mehr!"

„Sausenhundemijolen mehr!!", stimmt Ulfi mit ein, kippt mit dem Schlitten um und rollt lachend durch den Schnee.

Frau Holle lacht schallend mit und schüttelt mit ihren starken molligen Armen kräftig die Betten. Und der Weihnachtsmann steht neben ihr und schmunzelt vergnügt in seinem weißen Bart.

Ja, Morgen gibt es wieder viel zu tun.

Nikolausabend

Ein eisekalter Nordwind weht über das Land. Klirrender Frost lässt Bäche und Seen erstarren. Vom Himmel fallen, vom Winde gejagt, dicke, tupfige Schneeflocken und hüllen die Erde sanft in ein weißes Tuch.

Es ist der 6. Dezember und St. Nikolaus und Knecht Ruprecht sind auf dem Weg, beladen mit allerlei Leckereien, Äpfelchen, Nüssen und Spekulatius, die sie den braven, artigen Kindern in ihre Stiefelchen stecken wollen. Es ist so still, ach, so still in der Nacht. Nur das Heulen des Windes und das Knirschen des Schnees unter den Stiefeln der beiden wackeren Gesellen sind zu hören. Weiße Atemwolken umwehen Mund und Nase und in ihren Bärten hängen winzig kleine Eiszapfen.

Es weihnachtet sehr.

Ja, so stellen wir ihn uns vor, den Auftritt von St. Nikolaus und seinem brummeligen Knecht Ruprecht. Doch wie kommen die beiden eigentlich hinein in unsere Wohnungen, unsere Eigenheime? Wie bringen sie es zustande, so unbemerkt und klammheimlich unsere Schuhe mit kalorienhaltigen, zahnschädigenden Süßigkeiten zu füllen?

Allein schon der Gedanke, dass sie diesen ganzen ungesunden Krempel in schweißdurchtränktes, unangenehm müffelndes Schuhwerk packen, lässt widerwillige Ekelgefühle aufkommen und löst ein schwer zu bezwingendes Brechgefühl in mir aus. Müssen es denn unbedingt Stiefel und Schuhe sein? Da lässt sich doch sicherlich eine bessere Lösung finden. Egal. Das beantwortet aber immer noch nicht die Frage, wie sich die beiden schrägen Gesellen nun wirklich in unser Haus einschleichen können.

Es ist – sagen wir doch einfach mal – so zirka ein bis zwei Uhr nachts. Ich liege im schönsten Tiefschlaf in meinem warmen, weichen Bett und träume gerade etwas Wundervolles, etwas, ja! Traumhaftes, etwas Außerordentliches, als plötzlich heftige Glockenklänge meinen paradiesischen Ausflug durchkreuzen. Ich will es erst nicht wahrhaben, nicht zulassen.

Nein, jetzt keine Störungen! Nein, jetzt nicht!

Das Läuten hält an und erinnert mich verdammt an meine Türklingel.

Nein, jetzt nicht! Ich muss das erst noch zu Ende träumen.

Soviel Zeit muss sein. Ich sitze aufgescheucht und senkrecht im Bett, schlüpfe mit geschlossenen Augen in meine Puschen, verwechsele rechts mit links. Egal. Licht anzumachen brauche ich nicht. Es ist Vollmond und außerdem kenne ich mich in meinem Haus – sozusagen – wie im Schlafe aus.

Mein Gott, es muss was passiert sein!

Wahrscheinlich ein Feuer ausgebrochen oder ein Krieg. Ich schnüffele instinktiv. Kein Brandgeruch, kein Qualm. Ich horche in das Dunkel hinein. Keine Schüsse, keine Schreie. Schlurfe gähnend die Treppe runter. Nähere mich halbblind der Haustür, schiebe schlaff den Riegel zurück, mache die Tür auf und zwei diffuse Gestalten stehen vor mir. Meine optische Wahrnehmung ist äußerst reduziert, da meine Brille oben auf meinem Nachttisch ruht.

„Ja?", frage ich lasch und habe Mühe, meine schweren Augenlider am Runterklappen zu hindern.

Es nieselt und der Vollmond ist von Wolken verhuscht.

„Von drauß` vom Walde komme ich her…", sagt der eine zu mir mit sonorer Stimme.

„Ja, das ist ja alles ganz gut und schön. Aber müssen Sie mir das gerade jetzt so mitten in der Nacht mitteilen?", antworte ich leicht unwirsch.

„Ich muss euch sagen, es weihnachtet sehr."

„Weiß ich doch. 6. Dezember, oder? Leiden Sie unter Somnambulismus, dass Sie sich bei Vollmond nachts draußen rumtreiben müssen? Das ist eine ernst zu nehmende Schlafstörung, wissen Sie das? Sowohl Ihres Schlafes als auch momentan des meinigen. Gehört zur Untergruppe der Parasomnien. Hat was mit der Störung des Aufwachmechanismus' zu tun."

Ich muss so herzhaft gähnen, dass es mir fast den Kiefer ausrenkt.

„All überall auf den Tannenspitzen sah ich goldene Lichtlein blitzen", krieg ich zur Antwort.

„Du liebe Zeit, so schlimm ist es bei Ihnen schon? Würde ich an ihrer Stelle aber mal zum Arzt gehen."

Wieder verrenkt ein exzessives Gähnen fast meinen Kiefer. Mein Verstand nimmt langsam wieder Fahrt auf und ein Missbehagen breitet sich in mir aus. Es geht über in ein Misstrauen und lenkt meine Gedanken in eine furchtsame Gegend, in der sich üble Gesellen, die Böses im Schilde führen, herumtreiben. Sollten die beiden etwa…? Nein, wahrscheinlich nicht… oder…doch?

„Und droben aus dem Himmelstor sah mit großen Augen das Christkind hervor", hebt der Knabe wieder an.

Einer redet, der andere steht wortlos daneben. Da wusste ich Bescheid: Zeugen Jehovas!

„Hören Sie mal", versuche ich die Situation einigermaßen in den Griff zu bekommen, „ich bin nicht an einem Glaubenswechsel interessiert. Zwecklos. Muss das denn unbedingt sein, dass Sie jetzt auch nachts Hausbesuche machen? Ihren Wachturm und ihre erbaulichen Bibeltextchen will ich nicht haben. Kein Interesse!"

Gerade als ich die Haustür entschlossen zu machen

will, hält mir doch der sprechende Geselle eine Rute vor die Nase, rollt dabei heftig mit den Augen und ruft mir grollend zu: „Und wie ich so strolcht' durch den finsteren Tann" und stellt seinen dreckigen Stiefel in den Türspalt.

Da weiß ich, jetzt wird's ernst.

Schluss mit lustig: Militante, obdachlose Zeugen Jehovas mit Hartz-IV-Anspruch, auf der Flucht vor dem Fegefeuer und in Sachen Seelenrettung unterwegs.

Als dann der Satz folgt: „ Da rief's mich mit heller Stimme an", wird mir bewusst, dass sie einen klaren Befehl von oben haben.

„Hört mal, Jungs", versuche ich mich der drohenden Eskalation einlenkend in den Weg zu stellen, „ich koche Euch jetzt einen schönen heißen Kaffee, schmiere Euch ein paar Butterbrote für unterwegs, Ihr wärmt euch kurz auf und macht dann die Fliege. In Ordnung so?"

„Knecht Ruprecht, alter Gesell, hebe die Beine und spute dich schnell!"

Aha, Knecht Ruprecht heißt also der Schweigsame.

„Nur keine übertriebene Eile", sage ich beschwichtigend. Ich will schließlich nicht, dass die beiden alten Kerle noch ins Stolpern geraten. „Aber eins ist klar: Füße abtreten und die dreckigen Stiefel aus! Und euer Übergepäck stellt Ihr hier im Flur ab! Scheiß Dezemberwetter, fast wie Frühling. So dick hättet Ihr euch gar nicht einmummeln müssen."

Ich drücke jedem einen Becher dampfenden Kaffee in die Hand, wickele die Brote für sie ein und sacke ermattet auf den Küchenstuhl.

Inzwischen ist es halb drei geworden.

Der Satz „Die Kerzen fangen zu brennen an" macht mich schlagartig wieder wach.

„Wie, wo, was?"

Also doch ein Brand irgendwo?

„Das Himmelstor ist aufgetan."

„Och nö, Jungs. Nun isses aber genug mit Euren Späßen!"

Mir reicht es allmählich.

„Alte und Junge sollen nun von der Jagd des Lebens einmal ruhn."

Der Graubart lässt nicht locker, während sein Knecht Ruprecht nur blöde in die Gegend stiert.

„Ganz recht, ganz recht, ich möchte auch wieder ruhen", gebe ich müde gähnend zur Antwort, „und deshalb sucht Ihr nun das Weite, Kameraden."

Beide schütteln mir dankbar die Hand und der wortgewaltige Graubart sagt zu mir, wobei er mir tief in die Augen blickt und das Aufstampfen seines merkwürdigen Metallstabes meinen neuen Laminat-Fußboden zu ruinieren droht: „Und morgen flieg ich hinab zur Erden, denn es soll wieder Weihnachten werden."

„Ja, ist ja gut, Opa. Demenz ist ein schweres Schicksal. Bleib lieber auf dem Teppich, bevor du abhebst."

Mit einem erlösenden Seufzer auf den Lippen drücke

ich die Haustür hinter den beiden zu, stolpere über meine neuen, teuren Markenschuhe, deren Inneres mit klebrigem, süßen Kram vollgepackt ist.

Alles eingesaut!

Nächstes Jahr mache ich die Tür jedenfalls nicht auf.

Weihnachten bei Anneliese

Liebes Tagebuch,

heute ist der 24. September und da fällt mir ganz siedend heiß ein, dass wir in drei Monaten schon wieder Heiligabend haben. Und ich habe noch kein einziges Weihnachtsgeschenk gekauft!

Als ich heute im Supermarkt einkaufen war, lagen da bergeweise die Weihnachts-Schlickersachen rum. Dabei ist das Wetter noch so sommerlich. Heute hatten wir immerhin 22 Grad. Da wurde mir bei dem Gedanken an Weihnachten plötzlich richtig übel. Bereits letztes Jahr hatte sich bei mir eine Weihnachtsallergie entwickelt.

Ich will einfach nicht mehr.

Du liebe Güte, bei den vielen Weihnachtsfesten, die ich mitgemacht habe, wird's einem eben irgendwann einmal zu viel, und es beginnt zu würgen. Tief im Hals und im Gemüt. Da braucht man eine Pause. Am liebsten würde ich mit Walter über die Feiertage verreisen, und zwar dorthin, wo der Pfeffer wächst und wo man kein Weihnachtsfest kennt.

Aber wo ist das?

Wahrscheinlich hat sich der Virus schon bis zu den Eingeborenen in Papua-Neuguinea durchgekämpft und hat selbst den Dschungel am Amazonas fest im Griff.

Aber da will ich sowieso nicht hin.

Mit Schrecken denke ich daran, wenn Heiligabend wieder die ganze Familie bei uns einfällt: Vera, unser Schwiegersohn und unser Enkel Jonas, Walters verwitweter Bruder Johannes aus Bottrop, der jedes Mal, wenn er was gegessen hat, sein Gebiss herausnimmt und ableckt, weil die Essensreste so am Gaumen drücken. Kann er ja auch gerne machen, aber doch nicht vor der versammelten Mannschaft! Was soll denn das Kind dabei denken? Er könnte doch ebenso gut ins Bad gehen. Ich habe ihm das auch schon gesagt. Doch er hat nur abgewinkt. Bei seinem Reißen in den Beinen sei ihm der Weg dorthin einfach zu beschwerlich, und wir könnten ja kurz wegucken.

Es ist widerlich!

Und unsere alleinstehende Tante Melusine, deren Verlobter Franz-Hermann vor vierzig Jahren kurz vor der Hochzeit mit einer brasilianischen Sambatänzerin durchgebrannt ist, fängt jetzt auch schon damit an.

Ich halte das bald nicht mehr aus!

Warum müssen die denn alle Weihnachten immer zu uns kommen?

Wenn wir Pech haben, reist meine Schwester Rose-marie samt Ehemann aus Kanada an, um mal wieder echte deutsche Weihnacht zu erleben. Sie hat es in ihrem letzten Brief deutlich durchblicken lassen. Bob spricht kein Deutsch. Französisch kann er noch, aber wir nicht. Das wird dann richtig anstrengend.

Ich möchte es an den Feiertagen auch mal gut haben und von vorne und hinten bedient werden. Doch ich bin nur am Rumrennen, während es sich die anderen gemütlich machen. Mit Walter ist nicht großartig zu rechnen. Der raucht mit seinem Schwager Bob eine Zigarre nach der anderen, nebelt uns komplett ein und versucht mühsam, seine verschütteten Englisch-kenntnisse wieder auszugraben. Aber dieses Jahr ist endgültig Schluss mit der Qualmerei! Das habe ich mir geschworen! Es dauert fast bis Ostern, bis wir den Gestank wieder aus der Bude kriegen. Dabei ist Walter eigentlich Nichtraucher.

Was soll ich bloß tun, um diesem gesammelten Un-heil zu entkommen?

Der Gipfel der Unerträglichkeiten ist ja, wenn Walter darauf besteht, dass wir Heiligabend vor der Besche-rung alle gängigen Weihnachtslieder rauf und runter singen, und zwar mit sämtlichen Strophen.

Er kann sie alle.

Aber der Rest der Familie rettet sich mit Ach und Krach über die jeweilig erst Strophe hinweg, um dann in ein verschämtes Lalala oder Hmm über zu gehen. Und diese Lieder haben so viele Strophen und nehmen und nehmen kein Ende! Spätestens nach dem zweiten Lied fängt unser Enkel Jonas an zu quengeln, was dann irgendwann nahtlos in ein trotziges Geheule übergeht. Vera wird hektisch und ruft genervt: „Papa, nun lasses endlich gut sein!"

Doch Walter ist gnadenlos.

Die Lieder hat er in seinem Männergesangverein Lyra 1860 schließlich schon seit dem Sommer geprobt.

O Gott ist das furchtbar.

Anschließend macht Johannes den Weihnachtsmann, indem er sein Gebiss ganz raus nimmt und Tante Melusine in den Glühwein wirft, dass es nur so spritzt, sich eine rote Mütze mit eingebautem weißen Bart überstülpt und sabbernd „Hohoho!" ruft.

Das ist die Zeit, wo Jonas weinend aus dem Zimmer rennt und Vera kopflos hinterher.

Und wenn das überstanden ist, fängt spätestens nach dem dritten Glas Glühwein Tante Melusine an, über ihren verflossenen Verlobten zu jammern. Du liebe Zeit, das ist über vierzig Jahre her! Wer weiß, ob der überhaupt noch auf Erden vorhanden ist. Und dann wischt sie sich mit ihrem Taschentuch, das sie unaufhörlich in ihren Händen knüddelt, die Tränen aus den Augenwinkeln. Aber die Tropfen, die aus ihrer Nase rinnen, vergisst sie.

Und keiner hört wirklich zu.

Sie macht schreckliche Geschenke. Letztes Jahr waren es grauenvolle lila Topflappen, selbst gehäkelt, tunesisch, mit Mausezähnchen-Umrandung.

Auweia.

Weihnachten davor bekam ich von ihr eine potthässliche Glasschale aus blauem böhmischen Bleikristall. Passt entzückend auf den mediterranen Tisch vor unserer zimtfarbenen Polstergarnitur. Der Anblick grenzt an Körperverletzung. Das ganze Jahr über ruht sich dieses vertrackte Teil im Kellerregal aus, um dann während Tante Melusines weihnachtlicher Anwesenheit seine volle Pracht, gefüllt mit Weihnachtsgebäck, was den Anblick etwas mildert, zu entfalten. Ich warte auf den Tag, wo es mir aus den Händen gleitet und auf meinem gefliesten Küchenfußboden zerschellt.

Lange wird es nicht mehr dauern.

Und Walters Geschenke sind auch nicht das Gelbe vom Ei. Meistens ist es was Praktisches für den Haushalt. Letztes Jahr war es ein Wischmopp und dann noch ein neuer Bezug für mein Bügelbrett. Dabei hätte ich so gerne mal was für mich ganz persönlich. Das werde ich sicher nicht mehr erleben.

Zur Strafe kriegt er von mir dieses Jahr wieder drei Paar Socken.

Ach, lieber Weihnachtsmann, das einzige, was ich mir wirklich wünsche ist:

Lass doch bitte einmal Weihnachten ausfallen!

Anneliese schreibt Weihnachtskarten

Liebes Tagebuch,

gestern war der dritte Advent und ich muss mich nun wirklich mal aufraffen und meine Weihnachtspost schreiben. Weihnachten an sich ist ja schon schlimm genug, aber die vielen belanglosen Karten, die man verschicken muss, schlagen dem Ganzen die Krone mitten ins Gesicht.

Gerade habe ich es hinter mich gebracht, mich durch die Geschäfte zu quälen, um verzweifelt Geschenke zu kaufen, da trifft mich der nächste Schlag: Weihnachtskarten schreiben. Das bringt mich an den Rand der mentalen und auch sonstigen Erschöpfung. Was soll man den Leuten denn bloß mitteilen? Eigentlich doch jedes Jahr das Gleiche:

„Frohe Weihnachten wünschen euch…oder Fröhliche Weihnachten wünschen euch…"

Wenn man es gut meint oder es auf der Karte vorgedruckt ist, ergänzt man noch „und ein gutes Neues Jahr.." oder „einen guten Rutsch ins Neue Jahr…".

Was für ein Schwachsinn! An sich könnte man doch einfach Weihnachtskarten, die man im letzten Jahr erhalten hat, wieder hervor kramen, sie noch mal lesen und für das nächste Jahr wieder beiseitelegen. So eine Art Wiedervorlage. Das würde Geld und Arbeit sparen.

Tut aber keiner.

Jedes Jahr wird wieder neu geschrieben, was man im Jahr davor auch schon mitgeteilt hat.

Letztes Jahr habe ich einen ganzen Nachmittag damit verbracht, 28 Karten zu schreiben. Da stand es mir bis obenhin. Na, ja, dieses Jahr werden es nur 27 Karten werden, denn mein Cousin Herbert ist im Sommer von uns gegangen. Ein Bienenstich war die Ursache, wobei man dem armen Kuchen jetzt nicht unbedingt die Schuld geben kann. Unglücklicherweise fand justament in dem Augenblick, als Herbert herzhaft in das Gebäck biss, eine Biene an selbigem auch Gefallen und verschwand daraufhin in seinem Rachen. Burbelte dort noch aufgeschreckt ein bisschen herum, um dann von Panik geschüttelt zuzustechen und ihr Leben und das von Herbert auszuhauchen. Wobei es bei Herbert noch eine Weile dauerte, bis ihn der Erstickungstod ereilte. Davor konnte ihn auch der mit knurrendem Magen herbei hetzende Notarzt nicht bewahren, obwohl er sich redlich bemühte. Herberts Gattin Helmine packte ihm schluchzend den restlichen Kuchen ein, an dem sie nun keine Freude mehr hatte. Der ausgehungerte

Notarzt aber umso mehr.

Helmines Kummer war zunächst groß. Sie fand jedoch baldigen Trost und herzliche Zuwendung in der Auszahlung von Herberts großzügiger Lebensversicherung. Nun verbringt sie die Advents- und Weihnachtszeit auf Barbados und in den Armen ihres jugendlichen Liebhabers, der sozusagen über Nacht großes Gefallen an ihr fand, als sie ihm von ihrem Geldsegen erzählte. Meine Weihnachtskarte wird sie jedenfalls nicht vermissen.

Ich habe dann Walter so nebenbei während des von einigen anhänglichen Wespen umgarnten Frühstücks auf der Terrasse mal gefragt, ob er denn nicht vielleicht Interesse an einer Lebensversicherung habe. Da hat er nur wortlos seine Zeitung zusammengefaltet, ist aufgestanden, hat aus dem Kühlschrank sein Marmeladenglas mit den Regenwürmern geholt und ist Angeln gegangen.

Da wusste ich: Er versteht mich nicht.

Und nach Barbados fliegt er mit mir auch nicht.

Zwölf Karten habe ich nun schon geschrieben und so ziemlich immer den selben Sermon herunter geleiert. Was soll ich z. B. Gabi und Günter Schabratzki aus Oberursel denn auch schreiben? Wir haben sie vor zwanzig Jahren im Urlaub auf Teneriffa kennen gelernt und nie wieder gesehen. Was weiß denn ich, was die heute so machen und wie die jetzt aussehen? Ich kann mich kaum noch an sie erinnern. Aber sie schicken uns jedes Jahr eine Weihnachtskarte mit

„Schöne Grüße von Gabi und Günter".

Ja, da müssen wir dann ja auch...Völlig unnütz und überflüssig...

Genauso Tante Henny, die seit fünf Jahren im Seniorenstift „Seelenfrieden" mit Altersdemenz vor sich hin dümpelt. Was hat die von unserer Karte? Die weiß doch meist gar nicht mehr, wer wir sind, wenn wir sie besuchen. Verwechselt Walter immer mit ihrem vor dreißig Jahren an Staupe eingegangenen Schäferhund, streichelt ihm über sein schütteres Haupthaar und murmelt unaufhörlich: „Jaja, mein kleiner Racker, kriegst gleich dein Fresschen."

Aber Walter besteht auf die Karte. Es sei schließlich seine einzige Tante und das sei er ihr moralisch einfach schuldig. Dann soll er ihr doch schreiben – moralisch! Warum denn immer ich? Es ist sowieso fast alles seine Verwandtschaft, an die ich schreiben muss. Letztes Jahr war ich so sauer auf ihn. Ich hatte ihm ausdrücklich gesagt, er solle mir die selbstklebenden Briefmarken von der Post mitbringen. Und was macht er? Er holt die Marken, die man anlecken muss! Nachdem ich fünfzehn Marken abgeleckt hatte, fühlte ich einen Brechreiz in meiner Kehle, eine Gefühllosigkeit im Hals und hatte Mühe, meine Zunge von meinem Gaumen zu lösen.

Eigentlich hatte ich mir geschworen, Walter dieses Jahr die Weihnachtspost erledigen zu lassen, und hatte dafür extra – quasi als Racheakt – bei der Post selbstklebende Briefmarken abgelehnt. Doch er hat mich auflaufen lassen. Er sei komplett mit den Vorbereitungen für die Weihnachtsfeier seines Männergesangsvereins „Lyra 1860" ausgelastet und hat wieder alles an mir hängen lassen.

Also muss ich wieder Marken ablecken.

Und überhaupt diese blöde Weihnachtsfeier, bei der gnädigerweise die Ehefrauen zugelassen sind, lässt meine Weihnachtsstimmung auf mindestens minus 10° absinken.

Wenn ich noch an letztes Jahr denke! Kaffee und Kuchen vorab waren ja noch angenehm. Doch als der Chor dann anfing zu singen, drehte sich spätestens bei „La Montanara" der schöne, von Selma Pagenranke gebackene Schokoladenkuchen entgegen dem Uhrzeigersinn in meinem Magen um. Und als Werner Bratzbiegel, von Lothar Schnöterich auf dem Schifferklavier begleitet, sein Solo herunter knödelte, schlug mir das so auf die Blase, dass ich auf der Toilette Zuflucht suchen musste. Dort traf ich auf Emmy Bratzbiegel, die Frau von Werner, die blass vorm Waschbecken stand, sich kaltes Wasser über die Pulsadern laufen ließ und nach Luft ringend stöhnte: „Mein Gott, er hat zuhause so viel geübt! Und jetzt das!"

Ich legte ihr mitfühlend die Hand auf die Schulter und sagte mit zittriger Stimme: „Es ist ja bald vorbei, Emmy."

Und da müssen wir armen Ehefrauen diese Woche nun wieder durch. Am liebsten würde ich nicht mitkommen, aber Walter kriegt seine silberne Lyra für fünfundzwanzigjährige Mitgliedschaft vom Vorsitzenden Alfons Nottenbremmel persönlich angesteckt. Da bleibt mir nichts anderes übrig.

Aber nächstes Jahr kann er die Briefmarken alleine ablecken.

Alwine Rosenstengel

Alwine Rosenstengel ist züchtig und fromm. Ein hageres spätes Mädchen, das morgens vor dem Frühstück betet, vor dem Mittagessen, vor dem Abendbrot und dem Zubettgehen und zwischendurch hin und wieder auch noch, wenn das Leben es erfordert. Jeden Sonntag geht sie zur Kirche, lässt keinen Gottesdienst aus.

All das hat vielleicht ein kleines bisschen damit zu tun, dass sie Haushälterin bei Pastor Höckendrubel ist, einem aufrichtigen und mitunter strengen Gottesmann. Vierundzwanzig Jahre steht sie nun schon unermüdlich in seinen Diensten und hat nie geklagt, obwohl sie sich eigentlich zu Höherem – rein himmlisch gesehen – berufen fühlt. Doch das lebt sie aus, indem sie dem Pastor hilft, die Bibelstunden, die zweimal in der Woche im Pfarrhaus mit treuen Gemeindeschäfchen abgehalten werden, sorgfältig vorzubereiten. Sie legt die Bibeln penibel ausgerichtet auf die Stühle, deckt den Tisch akkurat mit Teetassen, stellt immer eine bescheidene Blumendekoration, der Jahreszeit angepasst, dazu, kocht gesunden Hagebuttentee und backt Ingwerkekse, die ob ihrer Härte allerdings ein strapazierfähiges Kauwerk beim unerschrockenen Esser voraussetzen. Erst unlängst verlor Opa Rackenbleeke, als der Brief des Paulus an die Galater besprochen wurde, just in dem Augenblick einen seiner zugegeben bereits reichlich im Wanken begriffenen Schneidezähne, als Pastor Höckendrubel anhub Vers 21 des 5. Kapitels zu verlesen, der mit den Worten beginnt: „Saufen, Fressen und dergleichen, von welchen ich euch habe zuvor gesagt." Es knirschte und knackte so unerbittlich, dass eine kurz währende bedrohliche Stille eintrat, die nur durch ein leichtes Klirren unterbrochen wurde, als Opa Rackenbleeke ungerührt den Zahn auf die Untertasse fallen ließ. Er sagte nur kurz:

„Tja, musste ja so kommen. Nich, Fräulein Rosenstengel?"

Alwine lief puterrot an, blätterte hastig in ihrem Notenheft, das auf die Tasten des Harmoniums rutschte und dem Instrument einen klagenden Quäkton entlockte. Dann sagte sie düpiert:

„Niemand zwingt Sie, mein Gebäck zu essen, Herr Rackenbleeke."

Pastor Höckendrubel schüttelte daraufhin milde lächelnd den Kopf und sprach:

„Wir wollen nun aber keine Härte aufkommen lassen, sondern uns wieder unserem lieben Apostel Paulus zuwenden. Der Herr wird's schon richten."

Der Herr wohl eher nicht, sondern Zahnarzt Dr. Schlofbröter, seines Zeichens 2. Vorsitzender des Kirchenvorstandes, der neben Opa Rackenbleeke saß und ihm konspirativ ins Ohr raunte:

„Morgen früh um acht."

Auch Edeltraut Stichnoth-Ströpe, Vorsitzende des Kirchenvorstandes, hatte er bereits unlängst Beistand leisten müssen, als bei ihr der Genuss der rosenstengelschen Ingwerkekse einen massiven Brückeneinsturz oben links auslöste, der sie teuer zu stehen gekommen wäre, hätte nicht der brave Gottesmann am darauf folgenden Sonntag die Kollekte zugunsten der armen Frau eingesammelt.

Seitdem wurden die Ingwerkekse bevorzugt in den Tee gestippt, was ihren aparten Geschmack noch aparter machte, aber Dr. Schlofbröter nicht unbedingt erfreute.

Aber das allein waren nicht alle Wohltaten, die Alwine aufopfernd der Gemeinde zukommen ließ. Nein, sie spielte auch Harmonium während der Bibelstunden, um Herrn Budelmann, den wackeren Kantor, der sich beim Orgelspiel zahlreiche Hühneraugen zugezogen und beim Registerziehen eine chronische Schulterverrenkung eingebrockt hatte, zu entlasten. Alwines Treffsicherheit war nicht die beste und Vorzeichen – wie # oder b – übersah sie dank ihrer fortschreitenden Altersweitsichtigkeit gerne in den Notenblättern. Dem Pastor fiel dies nicht weiter auf, da ihm Musikalität komplett abging und sich seine gesangliche Intonation stets am Rande der Schmerz-grenze entlang hangelte. Nur Ilsemarie Rödelein, staatlich geprüfte Blockflöten-Pädagogin, verzog oft-mals säuerlich das Gesicht, schüttelte den Kopf und hielt sich die Ohren zu.

Besonders zur Advents- und Weihnachtszeit blühte Alwine auf. Das war die Zeit, wo Pastor Höcken-drubel sich die Haare raufend durch das Pfarrhaus rannte und verzweifelt nach Themen für die Predig-ten seiner Weihnachtsgottesdienste suchte. Und derer gab es viele. Allein Heiligabend waren es drei, ein-schließlich der Christmette um Mitternacht. Dann kamen noch der erste und der zweite Weihnachtstag hinzu, wo seine Schäfchen erbauliche Worte von ihm erwarteten.

Das war ihm zu viel.

Er wollte nicht mehr. Er wollte ganz und gar nicht mehr. Fünfundzwanzig Jahre beugte er sich diesem Joch, fühlte jedes Jahr, sobald sich das Weihnachts-fest bedrohlich näherte, einen Kloß in seinem Halse wachsen, den er nunmehr nicht mehr zu schlucken imstande war. Hörte das Bubbern seines Herzens, das sich immer mehr in ein holperiges Stolpern ver-wandelte und seinen Kopf unter den Schweißperlen auf der Stirn rot anlaufen ließ. Da brachte auch das permanente Abtupfen mit dem Taschentuche, das er mit zitternder Hand aus der Hosentasche zog, keine Linderung mehr.

Rien ne va plus, wie der Franzose zu sagen pflegt.

Sein Gehirn war hinsichtlich weihnachtlicher Predigten ausgemergelt und ausgedörrt wie die Wüste Kalahari und kein neuer, noch nie gepredigter weihnachtlicher Gedanke wollte ihm entfließen. Da könnte man natürlich sagen, warum nimmt er nicht das, was er vor zwanzig Jahren schon einmal von der Kanzel an die Gemeinde gerichtet hat, wer sollte das merken?

Tja, es gab jemanden, der es merkte.

Und das war Hermine Strackblögel, die seit über dreißig Jahren mit straffen Zügeln das Gemeindebüro lenkte und alle Predigten – selbst die von Pastor Höckendrubels Vorgänger Selbfried Brackmeise – mit stenographierte und fein säuberlich in Ordnern abheftete. Sie wusste Bescheid und merkte sofort, wenn sich etwas wiederholte. Dann schlug sie zielstrebig die Aktenordner auf und legte Pastor Höckendrubel mit spitzen Fingern und vorwurfsvollem Blick die analoge Predigt auf den Schreibtisch, wobei sie die entsprechenden Stellen dick mit einem roten Stift markierte. Ein triumphales Leuchten überhuschte dann ihr hageres Gesicht und ihre haselnussbraunen Knopfaugen funkelten gnadenlos hinter ihrer randlosen Brille. Das waren die Momente, die Pastor Höckendrubel die Furcht des Herrn unglaublich nahe brachten, und er seine Hände in den Schoß und den Blick schamhaft zu Boden sinken ließ. Hermine Strackblögel aber durchströmte ein kurzes Glücksgefühl, das in ihrem einsamen Leben so rar gesät war, und der Pastor fühlte sich wie der ertappte Dieb im Hühnerstall.

So hatten beide etwas davon.

In solch schweren Zeiten offenbarte er sich hilfe-suchend mit flehentlichem Augenaufschlag Alwine Rosenstengel, buhlte um ihre geistige Unterstützung, wenn sie ihm mittags die Kartoffeln auf dem Teller anhäufte, sie mit fettiger, wohlschmeckender Soße übergoss, wobei sie sorgfältig das Gemüse umschiff-te, und die Rouladen, die er so überaus liebte, mit flinker Hand in den dampfenden See legte.

Alwine verstand auch ohne viele Worte.

Doch auf diese wollte Pastor Höckendrubel nicht verzichten. Und zwischen Rouladen, Soße, Kartof-feln und Gemüse im Munde fand er noch Platz für Silben, Worte, Sätze, die, zu ausholenden Tiraden aneinander gekettet, seinem Mundwerk entfleuchten. So brachte er Alwines dürstendes Herz zum Hüpfen und ihre zerknitterten Bäckchen zum Glühen.

Er brauchte sie!

Zwar nicht ganz so, wie sie es sich in ihren wenig ausschweifenden Träumen wünschte. Doch immer-hin schenkte er ihr seine Beachtung.

Alwine blühte auf..

Sobald der Pastor sich zur Ruhe begeben hatte, die er nur schwerlich finden konnte, setzte sie sich zu später Stunde still in ihrer Kammer an den kleinen braunen Holztisch, zog die Schublade auf, entnahm ihr selig seufzend einige Bögen Schreibpapier, strich sie sorgfältig mit dem Handrücken glatt, kramte nach einem Bleistiftstummel, den sie mit der Zunge leicht anleckte, und begann tief über die Blätter gebeugt, innig zu schreiben über alle weihnachtlichen Wunder, die sich in ihrem Kopf und ihrem Herzen eingenistet hatten und nur ungeduldig darauf warteten, der Welt offenbart zu werden. Doch tief in ihrem Innersten wusste sie, dass sie nicht für die Welt schrieb, sondern nur für den

Einen!
den Einzigartigen!
den Höchsten!
den Wunderbarsten!

nur für ihn, für ihn allein: Balduin Höckendrubel.

Erst kurz vor Morgengrauen packte sie den Bleistift wieder in die Schublade, die sie friedlich lächelnd schloss, stauchte das beschriebene Papier kurz auf dem Tischchen auf, bevor sie es mit einem Pfefferminzbonbon garniert auf des Pastors Schreibtisch legte. Dann stieg sie selig in ihr Bett und schlummerte noch ein Stündchen, bevor sie sich daran machte, des Pastors Frühstück herzurichten: einen Ranken Bauernbrot mit Griebenschmalz und obendrauf Harzer Käse sanft mir Löwensenf bestrichen. Dazu ein weich gekochtes Ei, das mit einer kleinen, putzigen, rot-weiß geringelten, von ihr selbst gestrickten Pudelmütze hübsch warm gehalten wurde. Daneben stand stets ein großer Becher mit dampfendem Muckefuck, denn Koffein brachte des Pastors aufmüpfiges Herz zum Stolpern. Nachdem er wie stets sein Bäuerchen gemacht und sich wohlig über den Bauch gestrichen hatte, der bereits eine erhebliche Rundung aufwies, wischte er sich mit der blau-weiß karierten Stoffserviette sorgfältig den Mund ab, stand auf und begab sich, beide Daumen in die Armausschnitte seiner grauen Filzweste eingeklinkt, in sein Arbeitszimmer, während sich Alwine mit vor Aufregung zitternden Händen daran machte abzuräumen.

Gleich würde er lesen, was sie für ihn geschrieben hatte.

Von Ochs und Esel an der Krippe, die nur Beiwerk in der schönen Weihnachtsgeschichte sind, die wie selbstverständlich dazu gehören, denen aber niemand wirklich Beachtung schenkt. Sie waren einfach nur da, mehr aber auch nicht. Niemand fragt sich, was sie dachten, wie sie sich fühlten, ob es ihnen gut ging. Aber auch sie waren doch wichtig, denn was wäre der Stall von Bethlehem ohne sie. Ohne sie gäbe es dort doch keine Wärme. Darüber hatte Alwine geschrieben, über die, die immer nur am Rande stehen und die so nötig ein bisschen Liebe brauchen.

Damit kannte sie sich aus.

„Ach, Alwine," war das erste, was Pastor Höckendrubel mit fröhlichem Gesicht sagte, als er die Blätter gelesen hatte. „Ach, Alwine, was haben Sie für Gedanken! Nein, nein, wie überaus liebevoll und warm! Als wollten Sie die Christrose, die unter dem Schnee schlummert, zum Erblühen bringen und ihr weißes

Kleidchen zum Schimmern."

„Sehen Sie, Herr Pastor, da haben Sie doch gleich noch einen neuen Gedanken bei den Ohren gepackt, der es durchaus verdient hätte, in eine ihrer Predigten eingeflochten zu werden: die Christrose! Das zarte Blümchen, das in dunkler Winternacht zu uns kommt und die Nacht erhellt."

„Fürwahr, fürwahr, Alwine. Ich werde mich sogleich daran machen und diesen Gedanken trefflich ausschmücken."

Nun war es Alwine selbst, die tief in ihrem Innersten wie das Christröschen im glitzernden, schimmernden Schnee sacht erbebte, und ein Leuchten stand in ihren Augen, als ob ihr tausend Sterne in den Schoß gefallen wären.

„Mein Gott, er braucht mich! Danke, danke!!!", schoss es ihr durchs Gemüt und ließ sie für den Rest des Tages auf einer watteweichen Wolke durch ihr karges Leben schweben.

Da der Pastor zu den Evangelen gehörte und somit eine Ehe durchaus gestattet war, hatte sie sich im Stillen doch erhofft, dass er eines fernen Tages einmal die alles entscheidende Frage an sie richten würde. Selbst heute, nach so vielen Jahren, war ein winzig kleines Körnchen Hoffnung in ihr geblieben, das keimen und nicht schmählich verdorren wollte.

Doch dunkle Gewitterwolken brauten sich am Horizont zusammen, die ein böses Unwetter erahnen ließen, das im Frühjahr, als die Schneeglöckchen schon nahezu am Verblühen und die Buschwindröschen sich wie leuchtend weiße Teppiche unter den Bäumen ausbreiteten, in Gestalt von Liddy Klödenblöck, Witwe und seit drei Monaten neues Gemeindemitglied, über Alwine herein brach.

Frau Klödenblöck war wohlig rund gebaut und ihr üppig wogender Busen schien die Knöpfe ihrer Bluse schier sprengen zu wollen. Und sie konnte lachen, du liebe Güte! Nein, ihr Lachen war ein Trällern, ein Juchzen, ein Jubilieren, das kantilenenhaft durch alle Tonarten zu purzeln schien und ihre dunkelblauen Augen strahlen und blitzen ließ. Dagegen konnte Alwines mürbes, hölzernes, verschämt nach innen gerichtetes Lachen aber auch gar nichts ausrichten.

Liddys überschäumende Lebenslust brachte Balduin Höckendrubels Blut in nie gekannte Wallungen. Immer häufiger verschmähte er Alwines liebevoll angerichtete Mahlzeiten, entzog sich ihrer aufopfernden Fürsorge, um sich in Liddys weichen Armen auszuruhen.

So ging der Frühling in den Sommer über und der Sommer in den Herbst.

Alwine spürte eine tiefe Wehmut in sich aufkeimen, die sich in einen quälenden stechenden Schmerz verwandelte und mehr und mehr von einem wütenden trotzigen Beigeschmack begleitet wurde. Als dann die Adventszeit nahte, die Zeit der wunderbaren Erwartung und Vorfreude, ihre Zeit, fühlte sie wieder etwas beruhigende Hoffnung in sich aufblühen. Er würde sie brauchen. Sicherlich. So wie jedes Jahr. Daran konnte auch eine Liddy Klödenblöck nichts ändern.

Und so war es dann auch und noch etwas mehr.

Er ließ Alwine einfach alle Predigten schreiben, nicht nur eine oder zwei wie gewöhnlich. Schließlich hatte er wenig Zeit, denn Liddy erwartete ihn sehnsüchtig Tag für Tag, Nacht für Nacht. Und Alwine schrieb, wie er wusste, gerne und gut. Also sollte sie doch. Und wozu sich noch die Mühe machen, die Predigten vorher durchzulesen?

Nein, nein, Alwine wird es schon richten!

Kein anerkennendes Wort kam mehr über seine Lippen und kein dankbares Leuchten entsprang seinem Blick und beseelte Alwines dürstendes Gemüt. Da verwandelte sich, als sie wieder nächtens mit geröteten Augen an dem braunen Holztischchen in ihrer Kammer an ihrem Bleistiftstummel nagte, ihr gutes, bislang nur dem Herrn im Himmel und Balduin Höckendrubel auf Erden zugewandtes Herz in ein kleines listiges Teufelchen, das nach Rache und Genugtuung sann und ein breites hämisches Grinsen in ihr Gesicht malte.

Und so nahm das Unheil seinen Lauf, erreichte in der Christmette am Heiligen Abend seinen Höhepunkt und versorgte Hermine Strackblögel noch mit jahrelangem Gesprächsstoff.

Gerade waren die Orgelklänge von Kantor Budelmann verklungen, der sich, wie immer nach exzessivem Registerziehen, stöhnend die arthritischen Schultern rieb und dessen Treffsicherheit nach vier Gläsern Glühwein nicht mehr die beste war, da erklomm Pastor Höckendrubel behänden Schrittes die knarrenden Stufen zur Kanzel und hub an zu predigen, den von Liddys selbst gebrautem hochprozentigen Eierlikör leicht diffusen Blick auf die in der ersten Reihe des harten Kirchengestühls sitzende, nach Maiglöckchen duftende Angebetete gerichtet. Die strahlte zurück und sein Verstand wurde liebevoll ausgehebelt. Aber das machte ja nichts, hielt er doch Alwines Text in den Händen, den Fels in der Brandung, auf den er sich vollends verlassen konnte. Die Gemeinde hustete und prustete – wie jedes Jahr zur Weihnachtszeit – und ließ sich von des Pastors Worten besäuseln.

Doch plötzlich machte sich Unruhe breit, begann ein Geraune und ein Scharren mit den Füßen. Balduin Höckendrubel hob die Stimme, um der Unruhe Herr zu werden und las stramm und gedankenlos Alwines Text herunter.

Du liebe Güte, was war in die Gemeinde gefahren? So hatte er sie noch nie erlebt.

„...und glaubt nur nicht, dass der Herrgott sich aus Euch, die Ihr eine blöde, vor sich hin blökende Hammelherde seid, irgendetwas macht. Nein, genauso wenig wie ich es kann, kann er Euch tagtäglich ertragen. Ihr geht ihm und mir auf den Geist mit Eurem bigotten Getue!"

Das war der Moment wo es Frau Stichnoth-Ströpe, die sich als Vorsitzende des Kirchenvorstandes für außerordentlich zuständig hielt, von der Kirchenbank, die ein lautes Ächzen ertönen ließ, empor schnellte. Die rechte Faust zu einer Drohgebärde geballt, keifte sie laut:

„Das wird Folgen für Sie haben!"

Da hielt auch Opa Rackenbleeke nicht mehr länger an sich. Er schleuderte, ein empörtes „Nä nä nä" ausstoßend, sein Gesangbuch in Richtung Kanzel, traf aber Blockflöten-Pädagogin Ilsemarie Rödelein am ondulierten Hinterkopf, die daraufhin ihr Gesicht noch säuerlicher als sonst verzog und wortlos mit verdrehtem Blick Zahnarzt Dr. Schlofbröter, der mit seiner Gattin neben ihr saß, in den Schoß sackte. Der schreckte aus seinem Minutenschlaf auf, stieß die bewusstlose Ilsemarie mit beiden Händen von sich, so dass diese mit dem Gesicht am Kirchengestühl landend Tierarzt Kunibert Lüttel, der vor ihr saß, mit blutender Nase den Nacken versaute. Lüttel wandte sich ob des wärmenden Blutstroms heftig um und rammte mit dem rechten Ellenbogen Gemeindesekretärin Hermine Strackblögel, die auf diesen unkomfortablen Annäherungsversuch mit einer schallenden Ohrfeige antwortete. Das rief nun Frau Lüttel auf den Plan, die ihr ihre Krokotasche um die Ohren haute und jammerte:

„Was haben Sie angerichtet? Er blutet ja!"

Pastor Höckendrubel stand derweil leichenblass und stark schwitzend auf seiner Kanzel und starrte entgeistert auf Alwines Predigttext und murmelte:

„O Herr, womit habe ich das verdient?"

Einzig Alwine, die bescheiden auf einer Seitenbank im Kirchenraum saß und den Verlauf der Christmette mit Freuden verfolgte, wusste es und freute sich zusammen mit dem Teufelchen in ihrem sonst so guten Herzen.

Wie gut, dass Kantor Budelmann die Sache im Griff hatte. Er warf sich mit aller ihm noch verfügbaren arthritischen Kraft in die Tasten, ließ die Orgelpfeifen trotz schmerzender Hühneraugen monumental in einem brausenden Fortissimo ertönen, streng und mahnend, ließ die Musik das Kirchenschiff erfüllen, um sie dann in einem ruhigen, versöhnlichem Mezzopiano über die Häupter der erbosten Gemeinde perlen zu lassen.

Das wirkte.

Der Aufruhr klang ab und alle verließen in mäßigem Ärger vereint das Gotteshaus. Schließlich war Weihnachten.

Ach, übrigens wurde Pastor Höckendrubel im neuen Jahr der Gemeinde verwiesen und wanderte mit Liddy nach Neuseeland aus, wo sie seine treu sorgende Ehefrau wurde und mit ihm eine florierende Schafzucht betreibt.

Schäfchen gibt es schließlich überall auf der Welt.

Alwine aber ist nun Haushälterin von Pastor Schabratzki, einem hageren, humorlosen unverheirateten
Endfünfziger, der sie übermütig „mein liebes Rösel-
chen" nennt.
Sie sollen sehr glücklich sein.

Gnade

Hui, wie pfeift der Wind so kalt
Durch den weißen Winterwald.

Nur der tapfere Förstersmann
Stapfet durch den finsteren Tann.

Auf der Schulter eine Säge
Streicht er frierend durchs Gehege.

Sucht nach einem Weihnachtsbaum
Dort am lichten Waldessaum.

Stolpert über eine Wurzel,
Fällt auf seinen Hund, den Purzel.

Und die Säge mit Geschrapp
Schneid't dem Tier den Bürzel ab.

Dessen jammervoller Schmerz
Trifft den Förster tief ins Herz.

Feuert ab den Gnadenschuss.
Dieser fährt ihm in den Fuß.

Ach, nun jaulen alle beide
Durch den Wald in tiefem Leide.

Blutig färbt sich bald der Schnee.
Welches Leid! Herrjemine!

Dieses hört St. Nikolaus,
Welcher heute außer Haus,

Um die braven Kindelein
Zu erfreuen mit Leckereien.

Ihn erbarmt des Försters Leid,
Ist zur Hilfe gern bereit.

Greift beherzt des Försters Flint'
Und lässt warten brave Kind'.

Voll Barmherzigkeit und Gnad'
Zielt er auf des Försters Bart.

Trifft ihn voll in seine Kehle,
Macht eine End' mit dem Gequäle.

Auch der Hund folgt dann sogleich
Herrchen brav ins Himmelreich.

Doch bevor St. Niklaus geht,
Spricht er fromm noch ein Gebet.

Damit er des Försters Seele
Schnell dem Herrgott noch empfehle.

Schlägt ein Kreuz für Hund und Herrn.
Ach, das tut St. Niklaus gern!

Und ein jeder kriegt zum Schluss
Von ihm Spekulatius.

Lieber guter Nikolaus!

Schlägst Kinder blau
Und schämst dich nicht.
Dich sollte man verklagen!
Ich weiß genau,
Du garst'ger Wicht,
Das schlägt mir auf den Magen.
Bleib weg von mir!
Lass mich in Ruh,
Sonst kriegst du kalte Füße!
Denn ich hau dir
Sonst meine Schuh
Ganz heftig auf die Nüsse.

Klagelied

Ich bin so betroffen,
Das sag ich ganz offen.
Verwirrtheit, ganz klar,
Ist wieder mal da.

Und zwar wegen deiner
Und nicht wegen meiner
Ankunft, fürwahr.
Und das jedes Jahr.

Du kommst unverhohlen
Und gar nicht verstohlen
Ins Haus mir geschneit.
Und machst dich hier breit.

Du nimmst mir den Frieden,
Den du doch hienieden
Verkündest allhier.
Nur fehlt er bei mir.

Ich muss nach Geschenken
Mich förmlich verrenken.
Mein Kopf ist so leer!
Die Kasse noch mehr.

Ich muss mich beeilen,
Kann nirgends verweilen.
Bin hektisch und matt.
Der Stress macht mich platt.

Bin schrecklich geschunden.
Bald ist's überwunden!!
Ob ich's übersteh?
O Weihnacht – ojeh,
du fröhliche…

Im Winterwald

Du armes kleines Reh
Erleidest Ach und Weh
Im bitterkalten Walde.
Im Schnee, da frierst du balde.
Sieh, dort der scheue Hase,
Der hat's schon an der Blase!

Herzenswärme

Ach, wie wird's mir warm ums Herze
Zu der schönen Weihnachtszeit.
Eine kleine, schlichte Kerze
Brennt mir grad ein Loch ins Kleid.

Bald schon glimmt der ganze Plunder.
Glut erhitzet meine Brust.
Ist nicht jetzt die Zeit der Wunder?
Weihnachtszeit, o welche Lust!

Flammend bebet mir der Busen.
So, wie ich es nie gekannt.
Grad als hätten tausend Musen
Göttlich sich in ihm verrannt.

Rauch bringt mir das Aug' zum Tränen,
Husten sich der Kehl' entringt.
Und ich spür ein tiefes Sehnen
Nach dem Nass, das Frieden bringt.

In Paradisum

Das Engelshaar auf meiner Stirn
Es rieselt sanft in meinen Sinn.
Es kräuselt sich in mein Gehirn
Und wendet sich zum Traume hin.
Zwei Flügel fahren aus der Haut
Und flattern in die Träumerei.
Das Paradies vom Himmel schaut…
Tja, und jetzt?

Winterfreuden

O Winterwald, wie bist du schön!
Durch dich kann man im Winter gehn.

So manche Tann am Waldessaum
Versinkt im Schnee, man sieht sie kaum.

Die weißen Flöckchen jagt geschwind
Der eisekalte Wirbelwind.

An drögen Zapfen nagt das Reh.
Der Hunger tut dem Tierlein weh.

Der Frost, er klirrt so schrecklich kalt.
Lässt friern den Hirsch im stummen Wald.

Das Bächlein murmelt unterm Eis.
Doch du machst mir die Hölle heiß!

Advent

Ich weiß nicht, was uns so empfindsam macht,
So erwartungsfroh harrend auf die Heilige Nacht.
Ein Zauber, ein Raunen, ein kindliches Staunen
Die Herzen erfüllt, uns wärmend umhüllt.
Ich weiß nicht, was es ist.
Ich weiß nur, dass es ist,
Was es ist.
Es ist wie es ist
Und bleibt wie es ist.
So'n Mist!